U0692267

KEY·可以文化

春

춘향

香

金仁顺————

著

浙江文艺出版社
Zhejiang Literature & Art Publishing House

图书在版编目（CIP）数据

春香/金仁顺著.—杭州：浙江文艺出版社,2023.10
ISBN 978-7-5339-7353-7

Ⅰ.①春… Ⅱ.①金… Ⅲ.①长篇小说–中国–当代
Ⅳ.①I247.5

中国国家版本馆 CIP 数据核字（2023）第 167695 号

策划统筹	曹元勇
责任编辑	顾楚怡
营销编辑	耿德加　胡凤凡
责任印制	吴春娟
装帧设计	王媚设计工作室
数字编辑	姜梦冉　诸婧琦

春香

金仁顺　著

出版发行	浙江文艺出版社
地　　址	杭州市体育场路 347 号
邮　　编	310006
电　　话	0571-85176953（总编办）
	0571-85152727（市场部）
印　　刷	上海盛通时代印刷有限公司
开　　本	850 毫米×1120 毫米　1/32
字　　数	135 千字
印　　张	8
插　　页	4
版　　次	2023 年 10 月第 1 版
印　　次	2023 年 10 月第 1 次印刷
书　　号	ISBN 978-7-5339-7353-7
定　　价	59.00 元（精装）

目　录

下　篇

上篇

香夫人

在南原府，人们提到我时，总是说"香夫人家里的春香小姐"。不仅是我，凡是和香夫人有关的事情，南原府人都乐意这么强调"香夫人的如何如何——"，用一种模糊的、云里雾里的口吻。

南原府人不停地提到香夫人，她的事情多得让大家总也谈不完。发生在南原府的新鲜事，没有一件不与香夫人有关。姿色出众的妙龄女子更是要被人拿来与香夫人比来比去。这种比较让那些两班贵族家的小姐们很为难，倘若她们的容貌不能和香夫人相提并论，她们的高贵身份中就多了一些可以被平民轻蔑嘲笑的东西；而一旦她们身上的某些部分与香夫人扯到了一起，某些不贞洁的东西又必然会沾染到她们身上。

八岁以前，我一直把自己的母亲当成最普通的女人。我想仆人们经常夸赞她的长相，也许是为了表达对她身上那些漂亮衣服的喜欢。我以为女人就应该是长成那个样子的。而那些仆人们之所以做了仆人，只不过是因为他们长得难看了些。一直到我走出家门，我才意识到香夫人的与众不同。

香夫人很少出门，登门拜访她的人太多了，会见其中的一小部分已经让她忙得不可开交。此外，她还要弹琴、读书、指导裁缝绣工们制作衣裙，和园丁讨论花露水的提取方法。但不管多忙，每天她都要抽空和我待上一会儿。我们捉蝴蝶、荡秋千，更多的时候只是在房间外面的木廊台上坐着。

那是一些寂静的时光，花香沾衣，鸟儿在树木中间起起落落。我们穿着用细夏布缝制的宽袍，头发用丝带随随便便地一扎，我赤着脚，她有时也和我一样。我们并肩坐在一铺用龙须草编成的花纹席上，面对着花园。满园鲜花像是一块抖落开来的锦罗，在午后或明或暗的光影中间，显示出中国绸缎的质地。

我们都不说话，也没有什么可说的。我慢慢地呼吸，气体中夹杂着香夫人的生活，在我的鼻腔内盘旋着上升。我能闻出她早晨洗发时是否在菖蒲水里滴了米酒和醋，沐浴时放了哪种花汁，熏衣用了哪样香草，倘若前一天有男人和她在一起过夜，她身上还会流露出隐隐的腥涩味道。香夫人胸前和腹部散发出的暖洋洋的气息，类似于秋天晾在场院里新熟的水稻散发出来的香味儿。

我们就是这样，了解得越多，越无话可说。而那些整天在南原府街市上像麻雀一样，叽叽喳喳地谈论香夫人的人,没有几个能确切地说出香夫人的随便什么东西,比如肤色、发型、衣饰之类的特别之处。大家愿意谈论香夫人,香夫人是南原府的宝藏,谈论她就仿佛跟金子珠宝之类的东西沾了边儿。男人们尤其乐意跟香夫人有些瓜葛,尽管很多声称跟香夫人如何如何过的人根本就没见过她的面。香夫人最后一次公开露面,是在十八年前。药师女儿的脸庞宛若正午的太阳,定睛注视过她的男人在一阵炫目之后,眼前发黑胸口发闷。经历过这种钝痛的那些人,在翰林按察副使大人死后多年,还一直为他充当着辩护人。

翰林按察副使大人身为司宪府金吾郎大人的女婿,在调任南原府期间最显著的政绩,是把药师李奎景的五间草房改装成了一个气派豪华的园林式宅邸,二十间宽敞的房间分成前后两个院落,组成汉字中的"用"字体系,宅邸敞口的部分面向大门,四周是三倍于宅邸面积的花园。

宅邸的名字叫香榭。

在我的故事没有开始以前,香榭和香夫人已经作为一个传奇,被盘瑟俚艺人们争相演绎,在说来唱去的过程中得到了广泛的传播。后来又被那些开赁册屋的书生们写成了异闻传记,以书面的形式流传到了更远的地区。起初,香夫人只是自己故事的主人公,后来变成了许多和她毫不相干的故事的主人公。她的名字如同一块染料，能使随便一个什么故事生色、鲜活起来，在流传的过程中，旧故事里又不断地生出更多更新的故事。这种情形就像我们在春天里经常见到的那样，起初只是一朵花，后来变成了一树花，再后来，整个春天都是花。

香夫人的故事究竟流传到多远，不得而知。但是在南原府，出现了越来越多陌生的面孔和新鲜的口音。外乡人大多数都很年轻，表情严肃得过了分，他们羞于启齿向当地人打听香榭的地点，只能暗藏着和香夫人邂逅的幻想在街头巷尾转悠。对外乡人的衣着相貌评头论足，进而对他们的家世背景百般猜测是南原府人的一大乐趣。

偶尔，少年们会在去香榭的路上相遇，搭上话后，他们就找到了情敌。有两个性情刚烈的少年最为人津津乐道，据说他们一言不合，执剑相对，为未曾谋面的爱情大打出手。从竹林到花丛，又从草坡到江边，刀光剑影像雷电一样激烈，也像雷电一样短暂。其中一个人受伤了，有人说他的血染红了江面，也有人说，他的血顺着林间小径滴落在路边的紫花地丁上，直至他在一棵树下血尽身亡。他的面色白如初雪，眼睛没有合上，他的目光和沾染了血迹的剑，遥对着香榭的方向。

更多的少年从更远的地方来到香榭，映入他们眼中的是早已从盘瑟俚说唱中耳熟能详的玫瑰花海。玫瑰花开得铺天盖地,将"用"字形的房子隔成了一座岛屿,蝴蝶蜜蜂在花间起舞,花香宛若香榭身上的一件轻纱衣裳。二十间在翰林按察副使大人指导下盖起来的房屋高大壮观,深蓝色的檀木飞檐高高地挑出,一直伸进蓝天中去;黄铜打制的麦穗形风铃吊在檐角,随风摆摇;屋顶的瓦当是竹叶青色的,彩绘的喜鹊造像在瓦当上面翩然欲飞。如同精致的盒子里面藏着珍宝,在这美观、高大、庄严的房屋下面,住着一个令人爱慕的女子。少年们在千里跋涉之后,面对香榭难免鼻子发酸。我能从植物芳香中,闻出那些年轻的心被爱浓腌重渍过后散发出的忧郁气息。

此时,香夫人正在睡觉。她像珍珠一样生活在香榭之蚌,白天睡觉夜里起身,月光长久照耀,使得她的皮肤流转出莹润的珠辉。每年春天,拉门和窗户都要换一次苔纸,米白色苔纸糊在雕花木格子上面,把室外的阳光筛成了柔和细致的粉末,五铺编出菖蒲图案的安东龙纹席铺满了香夫人的内居室,莞草编的长枕图案也是菖蒲花。药师李奎景为了得道成仙,对一寸九节的菖蒲十分着迷,他亲手在药铺门口种了一块菖蒲田。

香夫人的睡眠并未因枕在菖蒲上面而得到安宁,她常常被一个相似的梦境魔住,身上盖着的白麻布被单在梦境中变成了重重幕帷,将她裹挟到往事里面去。四季之中,春天尤其让人觉得不安。这个季节,所有的植物都生动起来,陈年旧事借机还魂,又变得活泼如新。植物鲜嫩的气味儿从门窗缝隙中源源不断地渗流进来,在香夫人身边形成一个时光旋涡,把她带回出发的地方。香榭的故事尽管枝繁叶茂,树根的脉络却总是清晰地指向最初的那个身影。

"每年春天,我都会梦到同一件事,十八年来一直如此。"香夫人傍晚起床后,要在滴了玫瑰花露水的浴桶中泡上半个时辰。这一天,她边用木瓢往身上浇水边感慨。

银吉拎着一个铜壶,将壶嘴紧贴着桶壁,往浴桶里慢慢地添加热水,她叹了一口气:"出太阳的日子也难保不下雨,米下进锅里可不一定能吃进嘴里。谁能想到翰林按察副使大人那么个瓷器人儿,竟然得了那样的恶死。我敢说那个可怜人一定是先吓破了胆然后才遭了蛇咬的。"

翰林按察副使大人

翰林按察副使大人和香夫人完整真实的故事，我是从盘瑟俚艺人太姜的说唱里了解的。这次，由香夫人特别为我安排的盘瑟俚说唱在一种极其自然的情境中进行。我记得那日有着深蓝色的夜空，白纸灯笼照出的夜雾，像细雨一般飘舞。

在南原府人的记忆里，翰林按察副使大人是一个相貌出众、神情高傲、喜欢穿白色长衣的年轻人。他是在官吏每隔五年的例行调任中来到南原府的。这个富庶秀美的小城并不讨他的喜欢，在接受同僚们的客套和部下们的谦恭时，他连礼貌的笑容也难得流露。他的手里总是把玩着一把金制扇轴的合竹扇，遇到不顺眼的人物，或者懒得说话时，便打开扇子轻摆慢摇。日后大家回想起他时，记忆深刻的不是他的脸孔，而是白底洒金的扇面上画着一丛妖娆的描金牡丹花。

端午节的时候，翰林按察副使大人着便服去谷场，被一个身有异香的女子吸引住了。她的淡青色衣裙质地考究、做工精细，熨烫得十分平整，通身上下没有任何装饰，既不像欢场中的女子，也不像两班贵族家的小姐。他们在攒动的人群中间正要迎面走近时，一个卖团扇的小贩扛着团扇插在了他们中间。翰林按察副使大人从扇子后面闻到一股气味，那种气息像一大杯陈年佳酿吞入胃中，升腾起一片迷醉的云雾。他驻足片刻，转回身去寻找香气的来源。

女子窈窕的身影在来来往往的行人中间，像鱼儿在水里游动。翰林按察副使大人看不见她的脸，却发现和她相对走过又恰巧朝她脸上看去的人们，全都中了咒语似的站住了。有些人嘴巴来不及合拢，一味用目光尾随着女子，脖子像麻花似的拧扭着。

在谷场旁边有一个树林，树林深处是女子们荡秋千比赛的地点。她径直走进去。翰林按察副使大人站在树林边上，眼看着一道淡青色晨光，在树与树之间，绕得越来越远，泅进一片绿影中间去了。

翰林按察副使大人合拢了扇子，在另一只手的手心里轻轻地敲打着，他来南原府快两个月了，汉城府的热闹生活虽然在记忆中变得模糊不清，他在心里却还是竭力拉着那种生活不愿意放手，就像他以前在花阁留宿后，清晨回到金吾郎府时，肌肤上曾经的亲吻和抚摸仍能让他的心跳加快一样。

翰林按察副使大人对南原府男人们软绵绵的地方口音十分厌烦，平时他宁可整日喝茶打发时光，也不接受当地两班贵族们的酒会邀请。但他对"南原府是芙蓉乡"的说法倒并无异议。

秀水河滋养出来的女子们肌肤拥有白瓷的质地，腰肢纤细，语调温存，眼波媚如春水。翰林按察副使大人在汉城府时挑剔女人是出了名的，也不能不承认南原府女子姿色撩人。他暗暗地期待着中意的女子现身，发生一段风流故事，但事到临头，他却又犹豫了。翰林按察副使大人隐约地觉得，迤逦在树林里的青葱气味编织着一张大网，一旦跌入，恐怕再难脱身。

翰林按察副使大人从自己的身体里面听到血液在血管里涌流的声音，当他在树影的阴凉中思绪恍惚地走动，阳光透过树叶斑驳地落到他身上时，他的脚步似乎带动了许多的树，和他一起走动。

女子站在一棵白果树下，俏生生的身影，硌得他的心狠狠地疼了一下，让他体会出这一次的艳遇不同以往。翰林按察副使大人打开折扇，慢慢地扇，想平息自己的紧张情绪，结果却把心火扇得越来越旺。扇面上的牡丹花在风里像活过来了似的，一次又一次地、不厌其烦地重复开放。

翰林按察副使大人挨近了女子的身子。她身上的味道难以形容，也难以混淆。她的头发编成一根辫子，垂在身后,昭示着她待字闺中的身份。一对白嫩的耳朵,像玲珑的蘑菇,生在黑色的发丝边上。

来自汉城府的年轻人被一种病抓住了,虚弱得直想变成那件薄薄的衣衫,贴到她的肌肤上去。

这时,女子回头看了他一眼,笑了笑。

她轻飘飘的这一笑,把某种尖利扎进了翰林按察副使大人的胸口,让他心疼得浑身麻木。他痴痴地凝望着她,好半天没明白她的意思,直到她用一根指头朝着前方明确地指点了一下。

前方有一株桃树,枝干一半生着翠绿的枝叶,一半被雷电劈得已经枯死了。在最粗的一截枯枝上,盘着一条茶杯口粗细的蛇,蛇身上密布着纵横交错的线条,五颜六色,盘成一个鲜艳的蒲团。蛇头从蒲团上高挑出来,蛇颈上的一块红色,形状好似两朵并蒂的花。

蛇与他们僵持着,时间变得和心跳声一样点点滴滴。两只蛇眼一动不动,只有蛇芯子倏忽进出,发出咻咻的细响,似乎是在诡笑。

翰林按察副使大人的手被人抓住。他在惊恐之中,思想的一缕游丝提醒他,他的手寒凉如冰,而她的手滑软如丝。

过了一盏茶的工夫,蛇如彩练,忽然凌空抖开,在树梢上盘迴了一回,飞掠而去。树叶哗啦哗啦地吵了一阵子,又复归于平静。翰林按察副使大人的精神从身体里游离出去——事后他无论如何回想不起自己是如何从树林回到谷场的。

谷场上的歌舞在翰林按察副使大人的眼前重现：一群未婚的青年男女组成两个圆圈在跳"江江水月来"舞。男子在外，女子在内，两个圈子的人流呈相反的方向旋转，跳一跳，顿一顿，停顿时男女两两搭配着，勾肩搭背，挺胸踢腿，女子们的长裙舒展成一个个扇面般的圆弧形。

翰林按察副使大人缓过神儿来，发现女子已经杳无踪迹。他抻着脖子在人群中找了半天，最后失望地用手抚住额头，手心中的气味儿让他差点跳起来，一股异香正顺着他的呼吸深入他的肺腑深处。

彩蛇如影随形，跟着翰林按察副使大人，他在自己的驿馆里夜不能寐。一闭上眼，彩蛇便拿出种种妖娆姿态缠上他的身。他整夜整夜地睁着眼睛，凝视着深蓝色的夜空，星光慌乱地闪烁着，像形迹模糊的花朵开了谢，谢了又开。几天后，他的眼角生满了眼眵，这种揩之不净的分泌物快要让翰林按察副使大人发疯了。他在总管的指引下，到南原府最负盛名的药师李奎景那里去求医。

"药师到山里炼丹去了。"一个黯然神伤的妇人告诉他，她用木槌捶打着木槽里刚蒸熟的糯米，糯米粒圆滚滚的,从亮白中透出一股清澈的绿意,这是南原府东边一个叫水坪的村子里特产的碧米。名叫银吉的妇人似乎生着很大的气,捶打糕的动作幅度很大。

"上个月来了一个道士,白眉毛白胡子,和药师没黑没白地待了三天,炼丹啦成仙啦把药师弄昏了头,他扔下药铺随着那个邪魔歪道进山了,连句告别的话都没留下。"

翰林按察副使大人没有立即离开,药铺前面种着的一块菖蒲田,或者是眼前新蒸熟的碧米香气,让他产生了在端午节后十分难得的清爽感。他四下打量着,药铺门口放着一只敞口草筐,里面插着一大束已经变干的艾蒿,一股似曾相识的气味儿正从艾蒿中间散发出来。

银吉打好打糕,用刀把它割成小块,放进铺了桃花花瓣的白瓷盘里面。瓷盘的白和打糕的绿白中间,醒目地衬着花瓣的桃红。

"这里只有你一个人吗?"翰林按察副使大人问银吉。

"——药师的女儿也——"

"她在哪里?"

"她不是药师,"银吉的动作停了下来,"帮不上您什么忙——"

"我问你她在哪里?"翰林按察副使大人加重了语气。

银吉盯着翰林按察副使大人，在他身后，府邸总管冲她拼命摆手，她叹了口气，回身指着桃林中的一条小路说："一直往前走就行了，不过，我把话说在前头，药师女儿帮不上您的忙。"

翰林按察副使大人走进一片桃林中间，桃花灿烂，映着头顶上的艳阳，他的眼皮好像烧着了似的，痛得钻心。突然间，仿佛有一盆凉水当头泼下，他在桃林尽处停下了脚步。

几片阔大的芭蕉叶子铺在地上，那股子碧绿仿佛把深井里的水舀出来在地面上摊出了形状，药师的女儿白衣白裙，头上包着一块绿色的布巾，坐在芭蕉叶上用铜杵在铜罐里炮制着药末。她看着走到近前的翰林按察副使大人，手里的动作停了下来。

翰林按察副使大人的心狂跳着，眼前一片明媚。

"端午节那天我们见过面。"

药师女儿静静地望着他。

"见到你以后，我的眼睛就坏了。"

药师女儿垂下眼帘。

"那条蛇让我受了点儿惊吓，你帮了我的忙。"翰林按察副使大人蹲下身子，脸孔朝药师女儿探过去，他示意她看他的眼睛，"我想让你帮我治疗这里面的病症。"

药师的女儿摇摇头："我不是药师。"

"你是。"翰林按察副使大人微笑着说，"你的眼睛看着我时,我一点儿也不觉得疼了。"

"您以为这是什么地方?"药师女儿的脸上飞起一片桃红,她的羞涩使得身上的香气变得浓郁起来,她把铜杵用力甩在铜罐里,"您如此轻薄,不怕玷污了身份?!"

药师女儿起身离开时,衣带在翰林按察副使大人的脸颊上拂过,宛若花阁里的女子调情时轻拍在男人脸上的巴掌。

翰林按察副使大人从药铺返回官邸的路上,疼痛又回到他的眼睛里。他勒住缰绳,回头望着在桃林掩映下的药铺。他觉得,那几间房子里发出的香气使得桃花分外夺目,西天霞光似锦。

香　榭

　　翰林按察副使大人来药铺问病的第二天早晨,银吉听见房外的声响,她披衣出门,被雾气弥漫下的场景惊呆了。

　　药师女儿显然在门口已经站了一会儿了,她们看着几十个工匠用木料把院子里堆满,而更多的东西正源源不断地涌来。

　　"我早就猜到会出乱子——"

　　当时正逢开市,南原府既不缺少手艺出众的工匠,也不缺少美观耐用的材料。翰林按察副使大人把手艺出色的工匠全部招募了来,一些插完秧后暂时没多少活干的农民也被雇佣来做短工,半天的工夫,他们就把药铺后面的桃林砍伐干净了。

　　那片被砍伐的桃林是银吉心中永远的伤口。

　　"多少年的老树了,"她对我说,有时候跺跺脚,有时候指指屋顶,"春天开花的时候,漫天漫地,就像着了场大火似的,结的桃子样子丑,可味道才好呢,咬一口,满嘴里水水的香甜。那天我走的时候树还站着，树叶唱歌儿似的哗哗响，等我买米买菜回来，遍地的树东一棵西一棵地躺在这里，树枝上结满了小毛桃儿，造孽啊。"

银吉泪水汪汪，我拿了布帕给她。

"我去找翰林按察副使大人理论，他一直坐在马车里面监工，我说，'您这位大人，那些树规规矩矩地站着，犯了什么重罪您要斩尽杀绝?!'

"他拿我的话当耳边风，扇子摇啊摇的。我说，'你以为树里的神仙是好得罪的吗?! 我们走着瞧吧。'"

"你说的都是真的。"我拍拍地板，"那些树根现在还活在下面呢。"

"春香，"银吉破涕而笑，"你就像你的外公一样。是神仙胎，能看见别人看不见的东西。"

翰林按察副使大人不光砍了桃林，他连旧药铺的五间草屋也不放过，他嫌泥坯的房子拆起来漫天漫地的灰尘，想一把火烧它个干净利落。

"真把我气疯了，那些工匠还说风凉话呢，说我几辈子修来的福气，要住进王宫里面了。我拿了把菜刀出来，把那些狗崽子帮工砍得满地跳脚。

"翰林按察使大人亲自出马，对我说，去了旧的，才有新的。我说，'谁稀罕你的新屋子? 就算这是一摊烂泥，我看你们谁敢动一指头?!'

"翰林按察副使大人不高兴了，脸拉得老长，他说药师进山去了,还留着这几间破药铺干什么呢?我说,你这个眼睛长在头顶上的人,难道从来没见过鸟从巢里飞走,还会再飞回来的?!

"翰林按察副使大人摆出官架子来,问我,你又算药师的什么人呢?我才不怕他呢,我说,我跟您一样,是没名没分地闯进这个家里来的人啊。

"我们闹得脸红脖子粗的,看他生气的样子,好像马上就要把我送进大牢里似的。后来还是你母亲出面,他才高抬了贵手。"

药铺和药铺前面的一块菖蒲田被完整地保留下来,成为宅邸"用"字形体系中的中间部分,它们的四周被高大的青瓦房环绕着。新旧房间是靠着木廊台连成一体的。它们从每个房间里延续出来,比地面高出半个人高。

香榭建好后,翰林按察副使大人把他的一部分生活用品搬了过来,四个仆从也跟来照顾他的起居饮食。在新居的日子,他每天坐在木廊台上读书,或者盘膝静坐,看庭院中的木槿花朝开暮落。

药师女儿却再也恢复不了往日的生活,药铺被新房子围住了,她自己也总在一双眼睛的注视之下,那目光仿佛透明的绳索缠绕着她,一天比一天捆得她喘不过气来。

"如今可好了，"银吉说，"全南原府的人张开嘴要么吃饭喝水，要么就是说你们的闲话。"

药师女儿笑了。

"女孩儿家的名声是天大的事情，"银吉瞪了药师女儿一眼，"哭都来不及，你还笑?"

"不然又如何呢?"药师女儿叹了口气。

"他是有家室的，"银吉也叹了口气，"听说是个什么大人的女婿——"

有一天夜里，药师女儿穿过木廊台，在湿凉的夜雾中走向对面的房间。

翰林按察副使大人拉开拉门，轻摇折扇，面带笑容。

"我想来告诉您，我憎恨您。"药师女儿被他的微笑刺痛了，"您用您的权势，还有这些房子侮辱了我。"

"精致的盒子才能拿来盛放珍宝，"翰林按察副使大人慢悠悠地说道，"倘若有人为我筑屋，我会觉得是莫大的恭维。"

"您的恭维，是把一盆脏水泼到我的身上。"

"就算你说的对，也是你自找麻烦。"翰林按察副使大人说，"是你先让我白日食不知味、黑夜寝不安眠的。"

那是一个热烈的秋天，阳光里面含着金粉，月亮则把整块整块的银子铺在地面上。翰林按察副使大人和药师女儿的爱情故事在盘瑟俚艺人的说唱和赁册屋书生们写作的异闻传记中,比枫叶更加火红灿烂。

在一个晚秋的傍晚,翰林按察副使大人从来自汉城府的信差手中,接过一封金吾郎大人加盖了官印的私人信函。

金吾郎大人在信中只字未提女婿的风流韵事,却很扼要地为翰林按察副使大人指出两条路:一条是他自己立刻回到汉城府,安分守己地继续做金吾郎大人家的女婿;另一条是倘若他拒绝这个光明的前景,那么数日后,他将由司宪府的囚车押解回汉城府去。金吾郎大人在随信附上的一张纸上,详细地罗列了翰林按察副使大人在南原府任职期间,为建造香榭挪用的各种款项、数额。

药师的女儿看完金吾郎大人的信,捂着胸口好半天说不出话来:"您竟然挪用了官银——"

翰林按察副使大人背对着光坐着,所有的阳光都吸附在他的后背上,熨得笔挺的衣褶显示出光影的明暗关系。他的一半脸颊隐藏在黑暗中,另一半脸颊则被阳光涂上了一层金色。

"无论我走到哪里,无论我做什么,"他神情轻松,一只手搁在药师女儿的腿上玩着蟹脚掀衣的游戏,"都逃不过金吾郎大人的眼睛。"

"我们把香榭卖了吧,按数还上官银。"药师女儿双手捧住了爱人的脸颊,在泪水中睁大眼睛,翰林按察副使大人的脸孔被光线一层一层地剥离,轮廓慢慢散了架子,漂亮的五官变得越来越模糊,"和我们的相亲相爱比较起来,钱财是多么微不足道啊。"

"看看你的脸——"翰林按察副使大人用一根手指在药师女儿的脸上缓缓地移动着,"你天生就应该住最好的房子,穿最好的衣服,吃最好的食物。"

"别说这个了,"药师的女儿用双手按住他的手,哽咽着说,"我们立刻把香榭卖了吧。"

"香榭不是用一木一石搭起来的,"翰林按察副使大人仰头看了一眼房梁,低声然而坚定地说道,"它是用我们的爱情搭建起来的呀,你认为我们的爱情能卖多少银两?"

"求求您不要再怪腔怪调了!房子终究只是房子,将来我们可以再建其他的房子,但眼下的情形——"

"除了香榭,我们再没有地方可以容身了。"翰林按察副使大人拉开药师女儿的手,"你真的以为,金吾郎大人要的是官银吗?"

"——那我跟您回去,"药师女儿沉默了片刻,她的声音颤抖起来,"我愿意做小——"

"她的女仆偷吃了一串葡萄,被她用棍棒敲掉了所有的牙。"翰林按察副使大人站起身,"而你偷了她的男人,想想看,你落在她手上会有什么样的下场?"

翰林按察副使大人抖落了一下衣服,走出门去。

药师女儿从支起了窗扇的窗口向外面看,在香榭的门口停着一辆气派的黑漆马车。那是来自汉城府的马车。按金吾郎大人在信中对翰林按察副使大人说的,马车会等他三天。

翰林按察副使大人走近马车,跟给马喂草料的车夫说了几句话,他还伸手在马身上拍了拍。

翰林按察副使大人返回汉城府的前夜,药师女儿一直在流泪,投射到她脸庞上的月光也仿佛变成了静静流淌的河水,她跪在情人身边,低声哀求:"求求您,别抛下我,我可能有了孩子——"

"你还要我费多少唇舌才肯善罢甘休?!"翰林按察副使大人坐了起来,他很近地瞧着药师的女儿,她从他的脸上看见了浓稠得无法化开的悲伤,她来不及抬起手去抚慰他,他已经仰身向后,重新躺在枕头上了。

"倘若金吾郎大人想把我拉回去,什么也拦他不住。"

第二天清晨,马车载走了翰林按察副使大人。

药师女儿站在香榭门口,目送着自己的爱人。

翰林按察副使大人上了车后,拉开车窗的窗帘,用微笑向她告别,他的笑容奇怪极了,以前她只在祭祀仪式上,从别人戴的凤山假面上看见过类似的笑容。

在南原府的府界边,翰林按察副使大人到树林中撒尿。林地幽静,空气沁凉,翰林按察副使大人在枫树树枝间看见一只白色的蜘蛛,它的身体有拇指指甲大小,有条不紊地织着一张白色的蛛网。

翰林按察副使大人撒完尿,整理好衣服,目光还没从蜘蛛身上离开,他看着它吐丝把最后几条线拉完。阳光从金红的树叶间落下,把他身体中某个隐秘的窗口打开了,他用仿佛是来自天上的眼睛看见香槲变成了一辆马车,上面载着药师的女儿,朝着一个五彩缤纷的世界远去了;汉城府金吾郎府的生活坐着另一辆马车,也朝着另一个有光的方向远去了。让他感到恐慌的是:两辆车上都没有他的位置。

这时,地底下生出两股力量,仿佛扭搅的树根缠绕、抓紧了翰林按察副使大人的双脚。天色在正午时分围绕着他的身体开始变暗,继而黑夜来临,蜘蛛网在黑暗中发出白银般的光泽,宛若蜘蛛刚刚脱下身上华美异常的外衣。一阵沙沙沙沙的声响挟带着韵律由远及近,端午时与翰林按察副使大人见过面的那条彩蛇重现在他的眼前。蛇头从刚织好的蜘蛛网中心穿过,蛇芯子带着诡笑朝他的喉咙处刺了过来。

两天后,载着翰林按察副使大人的黑漆马车停在汉城府金吾郎府门口,翰林按察副使大人的夫人穿过几重院落,匆匆跑出门来,未等站在马车周围的仆人们醒过神来,她已经撩开了车帘。

车里面的人被一块白布罩着,翰林按察副使夫人扯开了白布,她看见自己的丈夫手握合竹扇端坐在座位上面,肌肤泛黑,僵硬的表情上带着诡异的笑容。脖颈处被蛇咬中的地方,一块红斑宛若一对活生生的并蒂花。

翰林按察副使夫人从周衣的宽袖内层抽出一把匕首,朝着丈夫的胸口不停地刺去,直到她被仆人们大呼小叫地拉开。

这把匕首是她少女时为守护自己的贞洁而随身携带的。

"夫人何须佩刀?"她的丈夫曾经取笑她,"夫人张开嘴巴,哪颗牙齿不比这个锋利?!"

春　香

　　我是在端午节那天出生的,五月初五,是一年中最热闹、说法儿最多、活动也最多的日子。在南原府,这一天还是每年市贸在谷场开市的日子。

　　药师女儿从凌晨开始,在忍受着腹中时断时续、越来越剧烈的疼痛过程中,看着窗纸从一团漆黑变得透薄如雾。天光大亮后,她在两次疼痛的中间起床,用手托着肚子走出门去。

　　在药房门口,药师进山前种植的一块菖蒲田里,有一些碗口大的花朵正在开放。菖蒲叶片的形状宛如一把把指向空中的绿剑,锐不可当,而花朵的红色鲜艳异常,与血的颜色近似。

　　"是昨天夜里开的花儿。"银吉兴奋地对药师女儿说。

　　她从厨房搬来一个矮桌,先用白桌布把桌子密密地罩住,在白桌布上面又铺上了一块四方的红色桌布,她支起香炉,把干鲜果品按颜色间隔开来,一样一样地摆放整齐。

"这菖蒲种了有三年了,还是第一次开花,"银吉说,"这分明是翰林按察副使大人在阴间放心不下你和你肚子里的孩子,借花还魂回来看看的。"

药师女儿的目光转向谷场那边,她从摇摆的风中,仿佛又听到无边无际的歌舞声响。往事似乎发生在昨日,而她知道自己要足足地翻过三百六十五个山坡,才能重新回到一年前的欢声笑语之中。她的腹部扭绞着疼了起来,那是一种类似于恨的痛。

"不能去上坟,就在家里拜拜吧。"银吉摆好了祭桌,在红布的正中把翰林副使大人的牌位端端正正地放好,拿着三根线香招呼药师女儿,"过来跟翰林按察副使大人说几句话吧,时间比八匹马拉的车跑得还要快,去年的新米没等吃到嘴里就变陈了。可怜的人,连自己的亲骨肉都没缘分看上一眼。"

药师女儿汗湿了衣服,在银吉的搀扶下来到桌前,她拿起牌位,扔进菖蒲花丛里面。

"你干什么——"银吉叫了起来。

"我们就住在他的坟墓里,还拜什么拜!"

"人都死了,你还——"银吉气得想打她一巴掌,"真是狠心肠啊,磨玉米浆的石磨也没你的心肠硬。"

"——别忘了,他是先抛弃了我们,然后才死的。"

"你这样说话,让那个被蛇咬死的人在地底下无法安生啊。"

"——我可能快要生了——"药师女儿呻吟了一声。

"你不能这么对待那个可怜的人。"银吉去花丛里面找翰林按察副使大人的牌位,"他是我这辈子见过的最温柔的男人,这一点,连进山成了神仙的药师也比不上。"

"银——吉——"

"蛇咬的那一口虽说是要了翰林按察副使大人的命,可是都不及你的话一半狠毒——"银吉拿着牌位回来才发现药师女儿的裙子被血水浸透了,她扔掉牌位朝药师女儿扑了过来,撩起她的裙子后,失声叫了起来,"天啊,孩子的头已经出来了,我们刚才说的话她全听见了。"

"你妈妈曾经想杀了你。"银吉告诉我。即使当着香夫人的面她也直言不讳。说这些话的时候,通常是在除夕守岁的夜晚,为了打发时光,我们搜肠刮肚,陈年旧事讲了一遍又一遍。而香夫人只有在这一夜里会让人想到,她曾经是药师的女儿,是我的母亲,也是银吉相濡以沫的亲人。

药师的女儿为了把我从她的身体里甩出去,在秋千上荡了一整天。她荡得高极了,几乎要飞进天空里面。是银吉拼老命才阻止了她的疯狂行为。然后她又想把自己饿死,在房里一待就是三天三夜。是银吉用斧头劈开了拉门的木格,从外面钻进屋子里,把药师的女儿拖到阳光下面。

"也不能怪你妈妈,是翰林按察副使大人的魂儿附在她身上,"银吉说,"他活着时就能折腾,死了也不肯消停。"

"其实也不是翰林按察副使大人在作怪,"银吉表情肃穆地说,"是一些我们见不到摸不着,但实实在在存在的东西。那些东西先是把道士引进了门,把药师骗上了山,接着就来了翰林按察副使大人。还有那些桃树,你说那些人是从哪儿借来的胆子敢砍树的?谁不知道砍了桃树要招来恶事——"

银吉找来了巫婆驱邪。那时候,药师女儿昏昏沉沉、人事不省好几天了,一天下午她突然听到翰林按察副使大人在叫她,真真切切是他的声音,她绝不会听错的。他呼唤她的声音那么响亮急迫,还带着些喜悦。她想前几天传来的消息肯定是弄错了,她的身体里面一下子充满了力量,她爬起来,扶着墙走到门口,拉开拉门站到木廊台上。

阳光仿佛无数芒针,对着药师女儿的眼睛扎下来,她闭紧了双眼,一盆鸡血红艳艳的,对着她劈头盖脸地泼了过来。她再睁开眼睛时,看见一个小女孩站在院子里,两手合拢捧着一个香炉,香炉里面燃着龙脑香片,蓝烟袅袅,香气缭绕。

一个男人站在一面大圆鼓前面,甩着膀子咚咚地敲着鼓。

一个女人用胭脂在脸上画出两块圆,头发全拢到头顶上面,绾紧、套上了一个木质头冠,头冠上面镶了几十个小铜铃铛。巫婆穿着七彩衣,腰间系了一条红带子,手里拿着一根七彩鞭,跳着舞步靠近了药师女儿,围绕着她的身体用鞭子抽打着。鞭梢在空气中抽出的声音让人皮肉发紧。

巫婆的衣袖比平常人的衣袖长出好几倍,她的胳膊在空气中摆来摆去时,带出一阵一阵的风。

巫婆踩着鼓声来来回回地跑,园子里飘满了她的长袖子,最后,她用手指着药师的女儿,鞭打着地面唱起了歌:

　　　　黄金面色是其人,
　　　　手抱珠鞭役鬼神。
　　　　打鼓咚咚风雷电,
　　　　唤回元精舞尧春。

每次讲到这部分时,我都要求银吉在胳膊上系上长带子,假装巫婆表演给我看。我还让她拿两块红绸子假装是鸡血,丢到香夫人身上。

"拿开吧。"香夫人笑着说,"那盆鸡血现在想起来还让我反胃呢。"

"它救了你们母女的命。"银吉说。

"救我们命的是银吉大人。"香夫人说。

银吉咯咯地笑起来。

"快去她后面,"香夫人拍拍我,"看看有没有鸡蛋下出来。"

每年的端午节,园里的菖蒲田都会开出很多的花朵。我出生以后,银吉就更改了翰林按察副使大人借花还魂的说法,把盛开的菖蒲花解释成我将要来到世间的预兆。

"药师一心想培育出一寸九节的菖蒲,说是吃了可以成仙。"每年的端午节,银吉都要用菖蒲的花枝熬成碧绿碧绿的水,给我洗澡。每次洗澡时,她都要说同样的话:"谁能料想得到,这菖蒲花竟然是为了春香小姐开的!"

银吉说话时,我一个人玩水,有时候我把自己整个人都埋进水里去,银吉会立刻拎住我的头发把我从水中提起来。

"你这条不听话的小鱼,这样会淹死你的。"

我喝过几次洗澡水,水里有股温和的苦味儿。但也只是苦而已。不像菖蒲的花朵,倘若嚼得足够慢,它和别的花朵一样,微微的苦味儿在舌尖散开之后,便会有特别的清香弥漫在口中。每当那个时候,我总会觉得自己的口腔里含着一首歌。

香夫人生完孩子以后,没有奶水。银吉找了奶妈来喂我,可我从来不肯对着那些颜色肮脏的奶头张口。她们换了五六个奶妈,最后放弃了用乳汁哺育我的想法。两岁以前,我一直吃加拌了花粉的野蜂蜜。曾经有孩子因为吃这些东西生病死掉,但我除了瘦弱,几乎连咳嗽都没有过。有一段时间,银吉经常把手指塞进我的嘴里摸我的牙槽,直到有一天她从柔软的肉中摸出两条锯齿形的骨线,才放下心来。

长牙以后的大部分白天,我待在花园里,摘一些花花叶叶吃。我对厨房里的东西总是无法习惯,在规定的吃饭时间里,我把碗里的东西用事先藏好的大树叶包起来,拿到花园里埋掉。我埋掉饭菜的地方,花草后来长得茂盛极了。

有一天,银吉从金银花的藤根处扒出了我刚刚埋掉的饭菜:"这样对待粮食,会有报应的。"她顺手折下一段带着树叶的藤枝来打我,我撒腿朝香夫人那里跑去,隔着很远,我就听见了从她房里传出的琴声。

我刚跑进香夫人的房里,就被一个个子很高的人抱住了。他是从拉开的门里,看着我一路跑过去的。

这个人长得又长又宽,大得像一间房,身上带着一股奇怪的味道,我从未在香榭里的其他人身上闻到过。我摸了摸他的下巴,问他:"草为什么会长到你的脸上?"

弹伽耶琴的香夫人和追到房门口的银吉都笑了起来。

"多可爱的小东西。"那个人边笑边把我举过头顶放到他的肩膀上,我感觉自己就像一只鸟栖息在了一棵树上,便学着鸟的声音尖叫了几声。

"这可太失礼了,"香夫人笑着说,"把她放下来吧。"

那个人扶着我的身子转了一个圈后,把我放了下来。

"你怎么能让这孩子瘦成这样儿?"他隔着衣服在我的身上拍了拍,对银吉说,"简直是皮包着骨头。"

"她把该吃进嘴里的饭包在叶子里面,"银吉说,"埋到花园里去了。"

"是吗?"男人对我扬起了眉毛,他的眉毛又粗又浓,和香夫人、银吉以及在香榭里干活的其他人都不大一样。

"不吃饭会死人的。春香,你知道什么叫死吗?"

"当然。"我说,"小鸟不叫了,蝴蝶落到地上再也飞不起来了,花瓣放到嘴里,嚼起来干巴巴的既不甜也不香,那就是死。"

香夫人

我长到六七岁以后，注意到香夫人接待的客人。他们身材高大，肩膀差不多有跷跷板那么宽，从他们胸中还会发出打雷似的笑声和说话声。他们的衣服也穿得和我们不一样，裙子不只开过衩，而且沿着大腿内侧的方向又缝上了，他们的头上还总是戴着黑笠。

有一次，我把客人的黑笠拿到了花园里，采了好多花瓣装进去。当我把它还回去时，银吉对客人道歉："实在对不起，春香小姐把您的帽子当成花篮用了。"

还有一次，我把另一顶黑笠放到了树上，一个多月过后，银吉找到它，把它从树上拿下来时，不止有两只小鸟呼啦啦从里面飞了出去，还有六个鸟蛋卧在干草里面呢。

"买这顶帽子花费的银子用来买大米的话，够一户普通人家吃上一年的，现在倒成了鸟窝。"

银吉又笑又气，她的手刚抬起来，我就从她的手掌下面跑走了。

有一天半夜,我从梦中惊醒,发现银吉不在我身边。我披上周衣出了门,顺着木廊台走,一直走到前院去。从香夫人的卧房窗纸上透出淡黄色的光亮,暖融融的。隔着一层苔纸,香夫人房内的声音让我想起以前我在树林里挖出来的一个小泉眼,泉眼里涌出来的水被露在外面的树根阻挡着,显出一浪一浪的波澜。雨季过去后,小泉眼从树根处消失了。

我拉开了香夫人卧房的拉门,拉门的底轴白天刚刚上过油,拉起来一点声音也没有。房间里的蜡烛有酒盏的杯口那么粗,烛光像两朵大花,在黑暗中开放着。香夫人的被褥占满了一整个铺席,她和另外一个人拉扯纠缠在一处,被身体中的某个东西连在一起,想分开又总是无法分开,香夫人一边扭动腰肢,一边轻声地叫唤着,而伏在她上面的人好像累得气都喘不匀了。

他们没发现我,直到我问了他们一声:"你们怎么了?"

他们朝我扭过头来,香夫人发出了一声尖叫,紧紧地抱着香夫人的那个人也张大了嘴巴,他的嘴虽说咧得能把我攥紧的拳头装进去,却一点儿声音也没发出来。

我们互相看着,他们的表情把我逗笑了。

"银吉,银吉——"我跑进厨房里,银吉和另外几个忙着烫酒做菜的女人全都转过脸来看着我,我把两个握紧的拳头连到一起,放在大腿上面,"那个人为什么在大腿上面长着这样的东西?而且,这样的东西下面好像还长着草似的?"

厨房里一下子安静下来,锅里烧开的水咕嘟咕嘟地响着,女人们的表情看上去像吃了毒药,五官扭曲,手捂着肚子蹲在了地上。蹲下身子的同时她们撩起了裙子,用裙子把自己的头脸完全包裹起来,她们的笑声爆发在裙子里面,听起来更像是哭泣。

我一犯错,香夫人就把我关进以前的药铺里面。这次也是一样。那间屋子从来没人住,鼓足气力大喊一声的话,能从墙壁里渗出很多回音来。

我倒是很喜欢这几间屋子,白天我花很多时间待在这里,外公走的时候留下的草药还原封不动地搁在那儿,就好像他不是进山很多年,只是趁天气好出去散散步似的。

银吉也喜欢在这几间屋子里面待着,她的房间仍旧是以前住的那间。有一次我在充当药材库房的屋子里,在草药筐中间,翻出了一个很大的木头箱子。我从里面拿了把扇子玩儿,银吉发现后抢过折扇在我的屁股上打了几下。

"看你下次还敢乱翻东西。"

那些东西是翰林按察副使大人留下来的。香夫人吩咐银吉烧掉,银吉却把它们藏了起来。虽然她对我发现了这个秘密有些恼火,但她对我讲起箱子里的东西时,显然很高兴有人听她说话。

箱子里面有几套衣帽鞋袜、几本书、几支狼毫毛笔、几沓上等的转句纸和一沓画水墨画的色纸,还有茶具餐具、香炉,薄厚两套被褥和两个枕头。银吉说雕着乌龟的墨玉镇纸和一双雕着龙凤呈祥图案的象牙筷子被她偷偷地卖掉了,那会儿我刚生下来不久,家里一度穷得快揭不开锅了。还有一幅原本准备要做屏风的千鹤图。淡青色的明川细夏布上面的千鹤图是翰林按察副使大人先画在纸上,然后透到布上,再由银吉用白丝线一只一只绣出来的,前后费了一个多月的工夫。银吉给我看千鹤图的时候哭了,泪珠一串串地流下来。

"他的魂儿,现在不知在哪只鹤嘴里衔着呢。"

银吉收好东西,变了一副嘴脸:"你要敢把这件事讲出去,我把你的屁股像大蒜那样打成一瓣一瓣的。"

那天挨罚的时候,我躲进了这个木箱子里面。玩了一会儿睡着了,我在梦里见到一个人,他穿着白色的长衣,手里拿着一把折扇,折扇上面画着鲜艳的花朵。

我醒过来时,是在一间寺院里。除了香夫人和银吉,还有一个脑壳光溜溜、穿青灰色衣服的人陪着我。他笑眯眯的,手里捻着一长串珠子。

银吉的脸都哭肿了,眼皮红通通的,皮肤薄得像纸,她说她们在箱子里找到我时,我一边昏睡一边跟人说话,说的都是我听都没听过的话,还大段大段地引章据典。

她们找了好几个中医来给我看病,都看不好。有人直言让她们为我准备后事。她们不相信我会这么死去,把我送上了山。阿弥陀佛,大慈大悲的佛祖把那个寄生我在身体里的坏人驱走了。

我软绵绵、轻飘飘的,倘若把我放到院子里,也许我会飞上天呢。

他们后来果真把我挪到院子里,寺院里的天空湛蓝湛蓝的,像一块冰,空气里面有树木的芬芳,还有湿润而鲜嫩的青草气息。

寺院的住持师父喂我吃了一粒丹药,在这里的每一天,他都喂我吃一粒。这粒药在我的身体里面变成了小世界,我能感觉到好几种动物在呼吸、奔跑,也能察觉好几种植物的气息、味道。

我伸手摸他手里的佛珠,我闻得出檀木的味道,木珠已经被打磨得滑不溜手了,在木珠中间嵌着两颗红色的石头,摸上去有股莹润的凉意。

"我想要这个。"

"好啊,"住持师父松开手,让佛珠落到我手里,"那我们就结个缘。"

"快把东西还给师父。"银吉说。

我把珠子塞进衣服里面。

"春香——"银吉伸手想掏出来。

我把身体蜷起来，躲避着她。

"小施主慧根深种。"住持师父看着我微笑。

"呸呸呸。"银吉拉下脸来，用手在住持师父面前拂了拂，好像他刚才的话是只伸向我的手一样。

"银吉——"香夫人轻斥了一声，转向住持师父说，"这是您每天做功课的东西啊，随便讨要太失礼了。"

"不是随便，"住持师父说，"是随缘。"

银吉还试图把佛珠掏出来，她的手伸进了我的胸口，我咬了她一下。

她疼得叫起来。

离开寺院的早晨，天没亮我就起床了，银吉和香夫人还没醒。我跑到大殿，寺院里所有的僧人都在这里。我在一个蒲团上面坐下，住持师父诵经的声音是我听过的最好听的音乐。

早课结束后，住持师父走到我面前。

"我不想下山，"我对他说，"我想在这里每天听你念经。"

"万丈红尘，心念一动，"住持师父微微一笑，"那一瞬间，你不在别处，你在这里。"

我们是坐着香榭的新马车出门的。这辆马车是南原府最有名的马车，但我们坐着它下山回家的时候，大家还不知道它属于香榭。马车由花梨木打制而成，与两班贵族们涂上黑漆的马车不同，和富商们涂上红漆的马车也不同，香榭的新马车涂的是生漆。生漆是从漆树割出来的树液中提炼出来的，那液体有毒，我不知道是不是因了这种毒性，才让花梨木木质焕发出别样的光彩，提醒人们注意树纹的美丽。

马车的铆钉是纯金打制的，钉在木头上仿佛几十个熠熠生辉的小太阳。从车顶向下，垂下来约有半尺长的金色流苏。窗帘用黄色的中国丝绸缝制而成，这种神奇的绸料倘若闭着眼睛摸上去，总会给人带来抚摸流水的错觉。银吉在窗帘上面绣了描金的牡丹花，多年以后听了太姜的盘瑟俚说唱，我才知道银吉所绣的牡丹花图案曾经画在翰林按察副使大人的折扇上面。

比马车更引人注目的是拉车的两匹白马，它们的毛色那么纯净，仿佛身上披着一件雪做的衣裳，倘若它们奔跑起来，会让人误以为是天上的云朵飘落到了人间。这两匹马还和读书人一样有仰脸望天的习惯，是我见过的最好看的动物。车夫是一个眼睛细长、身上散发着干草气味儿的年轻人。

车里面很宽敞，座位上有软软的香草编成的蒲团靠垫，银吉抱着我，和香夫人坐对面。我们清晨离开东鹤寺,经过南原府府界,到达南原府时,已经是下午了。香夫人把窗帘撩开一条缝隙,指给我看南原府街上的景致。起初,除了人我看不见别的。那么多的人,简直和香榭里的草一样没有办法数清,他们看见我们的马车时,全都站住了,挥舞着手臂指指点点。

"春香,"香夫人笑着看我,"世上有两种人,穿裙子的女人和戴帽子的男人。"

我向外看,果然是这样的。

"好多女人的头上顶着罐子,但男人的头上没有。"

"男人的头上顶着帽子,就不能再顶罐子了。"

"有一些男人骑在马上,女人怎么都在地上走呢?"

"女人穿着裙子,所以不能骑马呀。"

我的目光越过了男人和女人的身影,瞧着街道两边的店铺,除了里面飘出来的气味以外,识别它们的办法是看店铺门口挂着什么东西。扇子铺、竹器铺、瓷器店、绣坊、鞋坊比较容易辨认,饭铺的外面挂着几串红辣椒和大酱饼,酒肆外面则挂着数不清的竹篓。我问银吉为什么会这样?她说竹篓本来是用来护住那些装满酒的泥坛瓷罐的,可酒客们经常是脚还没跨出酒肆门槛呢,就把竹篓扯了下来,把泥封拍开,边走边喝,等酒客走到了家,一坛酒也差不多喝得见了底儿。这些被丢弃的竹篓攒多了就成了酒肆的招牌。

在流花酒肆的门口,有一个敞着怀的男人躺在街道中间,头发像一团黑麻纠缠成线疙瘩,他的脸孔被胡子遮住了一大半,臂弯里面搂着一坛酒,另一条手臂在空气中挥舞着,嘴里吐着白沫,高声大气地和天说话。

马车在他的身前停了下来,车夫用鞭子在空气中抡出几声脆响,男人像没听见似的,兀自指着苍天嘟嘟囔囔。酒客们听见马鞭声,纷纷从酒肆窗口探出头来张望,吵吵嚷嚷地互相打听:"这是谁家的马车啊?"

先是路边的几个行人朝马车围拢了过来,然后是酒客们从流花酒肆里走出来,绕着马车上上下下、前前后后、左左右右地瞧,躺在地上的酒鬼被人踢了几脚,骂骂咧咧地爬了起来。

"喂,小子,这是谁家的马车呀?"有人冲车夫喊。

车夫不说话,用马鞭在空中甩出一个一个的响儿,想叫他们让路。但那些醉醺醺的酒鬼们根本不把他的提醒当回事儿。胆子大的,还伸手去摸马,结果被马扬起的前蹄给吓回去了。

"这两匹马可真带劲儿啊,骑着它想必和骑着香夫人一样过瘾吧?"

人群中响起了笑声。

"好狗不挡路!"银吉把头从车窗里探出去,冲车夫喊,"用鞭子抽!再不让开,就从他们的身子上面踏过去。"

有人认出了银吉,大声叫起来:"那是香榭的马车!"

"银吉，"有人尖声地喊道，"让我去和香夫人睡一觉吧，和她睡上一觉，死了我也乐意。"

马夫扬起手里的鞭子在空中抡出一串儿特殊的响声，我听见马的叫声，就知道它们准是仰天长啸，把两条前腿高高地抬了起来。车厢跟着摇晃，银吉抱住了我，我凑到窗边往外看，人群并未散开。

香夫人拿了一把铜钱，让银吉朝马车后面撒，这才把人群引开。

马车终于又向前驶动了。

还有人把刚拣起的铜钱朝马车扔过来，有两枚穿过窗帘掉到了我的脚边。

"捎上我吧，我也是有钱人。"我从车窗伸出头，看见人群中一个人笔直地张开双臂，把自己的身体变成一个"十"的形状。浓雾般的灰尘，在我们的马车离去之后，淹没了酒客们的身影。

金　洙

有一段时间我经常生病,会毫无缘由地晕倒。但即使是这样,我也不爱吃饭。算命先生提醒香夫人,家里阴气太盛,我的胸中涨满虚火。于是,金洙被带到香榭里来了。

金洙来的那天,银吉正好过五十岁生日,他是被盘瑟俚艺人太姜带来的。太姜说唱了他母亲的故事,银吉和仆人们哭成了一团。那个下午,香榭里飘荡的空气都有一丝丝的咸味儿。

"金洙的母亲有着比百灵鸟还动听的歌喉,"傍晚时分,银吉给我洗澡——我在花园里的草丛中睡着了,错过了那场盘瑟俚说唱——她的嗓音因为哭得太多带着浓重的鼻音,"命却比黄连水还苦上几百倍——"

这个比我大一岁、个子比我高出半头的男孩长得十分迷人,我总是趁夜里他睡着的时候去偷他的衣服。等到第二天早晨,他就要光着身子跑到我的房里来找我要衣服了。我喜欢让金洙穿我的衣服,我的衣服一到了他的身上,全都变得紧绷绷的,裙子下面露出他的小腿和比我长出一截的脚。我还喜欢把带着露水的桃花摘下来,把花瓣贴到他的嘴唇上去。我对他说等花瓣干透以后,他的嘴唇就会变成桃花的颜色了。金洙说话时噘着嘴,很慢很慢地出气,唯恐把嘴上的花瓣弄掉的样子,真是好玩极了。

金洙在香榭只待了几天,就发现在他们吃饭的时候我总是坐在木廊台上透过拉开的拉门往里看。有一天刚吃过饭,他拉住我让我跟他跑,我们穿过长长的木廊台,跑过了一片草丛,一直跑到花园里最粗的那棵槭树的树底下,躲在一丛花枝的后面,那地方除了树上的小鸟,谁也别想看到我们。

金洙拉开上衣的系带,从衣服里面拿出一个纸包,小心地打开,纸包里面是两匙米饭、一块泡白菜、一小块打糕和一小块蘸了辣椒末后烤熟的黄太鱼干。

"吃了这些东西,"金洙对我说,"你就不会和鱼刺一样瘦了。"

我气还没喘匀呢,呆呆地看着他手里的东西。

"春香你到底做了什么？被大人罚得整天没有饭吃？"

香夫人曾经送给我一个用金丝编的小笼子,每年夏天,有时是香夫人有时是银吉,会陪着我到花园里捉萤火虫放进小笼子里,这些萤火虫白天很难看,但一到了夜晚，它们就会发出一闪一闪的光亮来。

金洙托着偷出来的饭，对我说的那些话，就如同那些萤火虫一样，钻进了我的肚子里。我的心被他的话弄得一闪一闪的。

那天下午，是我第一次品尝粮食的滋味儿，我惊异地发现米饭、打糕闻起来虽然平常，但咀嚼起来却能渗出淡淡的甜味儿。泡白菜我吃了一点点，上面的辣椒像烧着的火炭末，把我的舌头烤得又热又疼。黄太鱼干我只是闻了闻，它的咸腥味儿让我恶心，我把它还给了金洙。

金洙又高兴又惊讶："这是很贵重的东西，你居然不爱吃？"

那一小块黄太鱼干被他吃得精细极了，他先用舌头把上面的辣椒末、芝麻末舔干净，然后用手把黄太鱼干一点一点地撕开，金洙举着撕得比糊窗的苔纸还要薄的鱼肉片对我说："这种黄太鱼干是在冬天晾的，倘若你不着急吃的话，可以把它撕成一百层。"

从那天开始，金洙每天都从自己的饭菜里面偷出一点儿来带给我，我的胃口被他喂得一点点地大了起来，有一天我甚至吃下了一大片油炸的姜米果子。金洙用手托着腮，愁眉苦脸地看着我，当我把最后一点吃完，他很认真地对我建议："春香，下次吃姜米果子时你要吃快一点儿，你吃得这么慢，我简直要被自己的口水淹死了。"

我能吃的东西越来越多,而且变得喜欢起粮食来了,花瓣草汁成了我的零食,为了报答金洙,我把以前我爱吃的花瓣摘下来给他,他刚咬了一口就吐出来了,很粗鲁地推了我一把,含着眼泪说:"就算你从此以后想把我的饭全吃掉,也不能把我当成兔子喂呀。"

那天整整一个下午,我在哪里都找不到金洙。那是我一生中最惶恐的几个时辰,我怕他和以前在香榭里干活的女人一样,因为说话太多、爱偷看、和别人吵架或者手脚不利落,从香榭里消失掉。当时我想倘若金洙从此变得再无影踪的话,我可真是活不下去了。

我翻来覆去地这样想,天色变暗后,金洙到木廊台上来找我时,我跑过去用力地抱住了他。

"金洙,我再也不让你吃那些花草了。"

在我拉他的时候,金洙用衣服遮挡着的一个装了冷面的碗摔到了离我们好几步远的地方,冷面撒了一地,冷面汤把我们的衣服全都弄脏了。

金洙吓得浑身发抖:"这下完了,倘若被人发现,从明天开始,你就要和我一起偷泡菜吃了。"

"为什么要偷泡菜吃?"金洙跑过去拣碗,我跟过去拉着他的袖子问。

我是从来不吃泡菜的,那上面沾着辣椒末,而且平时都是装在缸里在地窖里放着。

"为什么你喜欢偷东西?还喜欢吃那么辣的东西?"

"我说过我喜欢吃吗？拿泡菜当饭吃，肚子里凉冰冰的，嘴里又干巴巴的老想喝水，"金洙的眼圈红了，"你看我的肚子都像西瓜那样鼓起来了。"

"那你为什么还要吃？"

金洙一边哭泣，一边把冷面抓回到碗里："倘若我不吃泡菜，你哪来这么香的饭菜吃？"

我这下子明白金洙的意思了，我心里的萤火虫又变得一闪一闪的了，我哭了起来。

我一哭，金洙立刻就不哭了，他拿着冷面过来哄我。

"别哭了春香，虽然汤洒了，可是冷面还是很好吃。"

我抬手把他手里的冷面碗打翻了，这下子金洙气极了，他的手扇扇子似的，在我的脸前扇来扇去地扇了半天，最后他把手放下，指着我的鼻子说："早知道你这么坏，当初我就不偷东西给你吃了，让你还像一只虫子那样，啃草吃花。"

银吉和香夫人差不多是一起出现在我们面前的。金洙一看见香夫人的身影，脸色立刻就变了，即使是新鲜的黏白玉米浆，在那一刻，也不会比金洙的脸色更白。

"这下好了，我又要被送回天音楼去了。"他喃喃自语。

他被我握在手心里的手指变得凉冰冰的。

"——是我偷的东西，不是春香。"

"什么？"银吉没明白怎么回事。

我拉住了银吉的手说:"银吉,我和金洙快饿死了,我们想吃饭。"

"春香,"银吉蹲下身子,抓住我的胳膊问道,"你再说一遍? 你说你想吃什么?!"

"金洙把他的饭都给我吃了,他饿坏了,去地窖里吃泡菜,还喝了好多凉水。"我的眼泪一下子就流出来了,"银吉你让厨房里的人给我们做饭吃吧,求求你了。"

"你听见了吗?"银吉抬头向香夫人望着,"春香说她想吃饭了。"

"恐怕她已经吃了一段时间了。"香夫人微笑着说。

"这怎么可能?! 我可是把头发都想白了,也没想出让春香吃饭的办法来呀,"她扭头看着金洙,"金洙,你对春香做了什么?"

金洙扑通一声跪下了,哭着说:"我不是故意要偷泡菜吃的,我只是觉得春香没有饭吃太可怜了。"

银吉大声地笑了,她用一种很滑稽的姿态朝厨房那边跑去的时候,还在一直笑着。

香夫人把金洙拉起来,用两手把他脸上的泪水擦拭掉:"金洙是个了不起的孩子,你做了大人都做不到的事情呢。"

金洙看着香夫人,他那副既不能说话也不能动弹的样子活像一条浮在水面直瞪着眼睛的鱼。

那天晚上，天底下好吃的东西全让厨师摆到小饭桌上来了，除了香夫人以外，香榭所有的人都聚集到餐室里来看我吃饭。他们睁大眼睛看热闹的样子让我提不起吃饭的兴趣，而金洙目光发直、魂不守舍，饭桌上的好东西也治不了他的呆病，那顿饭吃得没滋没味的。

半夜时，金洙到我的房里来了，他钻进我的被窝里抱着我，心事重重地问："春香，香夫人真的是你母亲？"

"当然了。"

"她是你的母亲，你为什么还叫她香夫人？"

"你们都叫她香夫人，连银吉也这么叫她，我为什么要叫她别的？"

"——说的也是。"

我们在被窝里躺了一会儿，金洙突然坐起了身子，他用两根手指抚着自己的脸颊，对我说："刚才，香夫人的手是这样摸我的，对吧？"

"对。"

"春香，"过了一会儿，他又坐起来问我，"你肯定看见香夫人摸我的脸了，对吗？"

"对。"

"不是我做梦？"

"不是。"我用手在他的脸上摸了摸，"香夫人就像我摸你这样，摸了你一下。"

小　单

　　金洙来到香榭的那年冬天，有一天早晨银吉出门办事，回来的时候，她从马车上领下来一个破衣烂衫、光着脚板的女孩子。

　　我和金洙在花房里面玩，管花房的两个女人没看见我们，她们只顾议论着刚刚在院子里见到的那个孩子。

　　"她父亲是个什么大盗，去年就被官府画了像，贴得到处都是。谷场开市的时候，我在瓷器店外墙上见过的。那个人长得瘦巴巴的，眼神倒凶得像一把刀。"

　　"听说是要发配到阿吾里去服苦役？"

　　"可不是。那个地方夏天热得要命，经常有瘟疫，冬天一夜大雪就能把人住的房子埋掉，鸟兽都绕着走呢。听公差们讲，犯人在那边，冬天要砸开冰河捕鱼，夏天要进山伐木，从来没听说过谁到了那样的地方以后，还能活着回来的。"

　　"真可怜呐——"

　　"看你说的什么话？他们做下了丧尽天良的勾当，

活该遭这样的报应。"

"孩子可怜呐。"

"你算了吧。先是歌伎的儿子,然后又是小偷的女儿,一个接一个都住到香榭里来了。虽说香夫人的名声不怎么样,但论起吃穿,整个南原府,哪里能找到比这里更享福的地方?"

我和金洙拉着手躲藏在一排水仙后面,她们说到"歌伎的儿子"时,金洙松开了我的手,垂下了眼皮。

她们转过一排花架,过来浇花时发现了我们。

"春香小姐——"

金洙把脸扭向一边,不看她们。

"我要把你们刚才说的话告诉香夫人,她会把你们赶出香榭的。"我大声地说道。

"千万别,"一个女人立刻俯下身来,把脸伸到我的面前说,"春香小姐,我们不是故意的,下次不敢了。"

"金洙生气了,我不能饶了你们——"

金洙扭过头来看着我,他的眼珠被花房里的绿叶晃成了绿色,他闪着绿眼睛对我笑了一下。

"哼。"另一个女人眯起了眼睛,她扯了一把同伴,把她从我面前拉开,目光冰冷地直视着我。

"我倒要问问春香小姐呢,不好好待在自己的房间里,鬼头鬼脑地躲在这里干什么?"她四下看了看,"想偷东西?!"

"我们在看花——"

"看花可以让我们把花送到房间里去呀。"她盯着金洙，"这个歌伎的儿子原先待的可不是什么体面地方，拉着春香小姐躲在这里，是想给她讲一些下流事情吧？"

我和金洙愣住了，这个厉害女人把两条手臂掐在腰上，好像一把大剪刀戳在我们面前，而她话里的每一个字都像我们玩的"凿栗子"游戏那样，敲打在我们的额头上。

"香夫人把歌伎的儿子带回来，是要好好管教的，倘若他想偷东西，还拉着春香小姐来做掩护，或者想用不体面的事情教坏春香小姐，果真如此的话，想想看，香夫人会像赶苍蝇似的赶走谁呢？！"

"你胡说——"我叫了一声。

"虽说春香是香榭里的小姐，可是小姐也有小姐的规矩，随便到不应该来的地方——"她俯下身子眯眼看着我们，压低了声音，"我都猜对了是吧？你们是想做坏事的吧？"

"我要把你讲的话告诉银吉——"

"好啊，银吉肯定会来找我对质的，到时候，看我们谁能说得过谁。"她笑得露出了满嘴的牙，"你还不赶快去？"

金洙拉着我往花房外面走时，女人的笑声像打雷似的，追赶在我们的身后。

"我要去找银吉。"我气恨恨地说。

"算了吧春香,她是个泼妇,我们打不过她的。"

"什么是泼妇?"

"就是牙长得难看、话说得难听的女人,"金洙低头时,连肩膀也跟着耷拉下去了,"我母亲以前在花阁里时,常常受泼妇的欺负。"

"她们说你是歌伎的儿子,歌伎又是什么?"

"就是歌唱得很好听很好听的女人。"

"那很好啊,为什么别人提到歌伎你总是不高兴?"

"我不是因为提到歌伎不高兴。别人一提到歌伎,我就会想起自己是一个没有母亲的孩子,是没有母亲让我觉得不高兴。"

我们边说边绕到前面的花园里。小偷的女儿站在木槿树下面,嘴里咬着手指头,低着头,向上翻着眼睛打量香榭以及朝她围过来的人。

银吉拿出一把剪子来给她剪头发,她使劲儿地摆了几下头,把银吉的手甩到一边去了。银吉扬手给了她一个耳光,一下子就把她的脖子打硬了,她的头一动不动的。

我和金洙笑了起来。

银吉手里的剪子嚓嚓地响,小偷女儿的头发一把一把地被剪下来扔到了地上,比花园里的枯草还要难看。

我和金洙走过去时,银吉扭头冲我们喊了一声:"你们不许过来,她身上有虱子。"

"什么是虱子?"我问金洙。

"就是比小米粒还要小的黑色虫子,在人的身上爬,"金洙用手指尖在我的腋下挠了挠,我缩着脖子笑出声来,"爬得人痒痒死了。"

银吉剪完了小偷女儿的头发后,她的头发变得只有我的小手指那么长。银吉又把她的衣服剥光了,她的身上黑乎乎的,我和金洙连她皮肤下面包着一根根的骨头都看见了。我们不停地笑。

香夫人披了一件白狐狸皮做成的周衣从房里出来,她站在木廊台上问小偷的女儿:"你叫什么名字?"

小偷的女儿翻着白眼看她,紧紧地抿着嘴。

"我知道怎么对付这种人家出身的孩子。"银吉顺手抄起洗衣用的棒槌,对着女孩子的脸举起来,"大人问话,要老老实实、恭恭敬敬地回答。"

女孩子立刻张开了口,声音清脆地回答道:"父亲以前一直叫我'赔钱货'。"

这下子我和金洙要笑死了,我们捂着肚子,差一点儿跪到了地上。

"赔钱货"使劲儿地瞪着我们。

"你们不要笑了,"香夫人扫了我们一眼,转身对银吉说,"她孤零零地一个人,以后就叫她小单吧。"

小单在香榭里吃的第一顿饭,让我和金洙大开眼界。她看上去和柴禾棍儿差不多粗细,却好像长了一个比牛还大的胃。大人们一不留神,小单就用手抓着饭往嘴里塞。我把这事儿告诉了银吉,有很长一段时间,再杀鸡时银吉让人留下了苦胆,她只要有空,就提拎着小单后背上的衣服把她抓进药房,把小单酷似鸡爪的双手摁在苦胆汁里泡上一会儿。

我们很快就发现小单很爱生气,她生气时用力地瞪着眼睛,有时,会瞪到两个黑眼珠同时朝着鼻梁凑近。这可让我和金洙高兴坏了,小单不生气时,我们也千方百计地惹她生气。

有两次,我们在小单的饭碗里掺上了白沙子,她吃饭时总是特别着急,恨不能把脸埋进饭碗里,根本不往饭碗里细看。第一次吃到掺沙子的饭时,她把满嘴的饭吐了出来,弄脏了吃饭前餐室里刚擦好的草席,在厨房干活的一个仆人拎着她的耳朵把她臭骂了一顿。第二次,沙子把小单的牙龈硌出了血,她很没记性地又把嘴里嚼的东西吐了出来,银吉刚好端着酱汤过来,扬手给了小单两巴掌,打完才发现她出血了。

"怎么回事儿?"银吉看了看自己的手,"我打的?"

"他们在饭里下毒。"小单用手背擦血,另一只手指着我和金洙。

银吉看了看小单的饭碗,目光严厉地打量着我和金洙。

"不是毒,是沙子。"我轻声说。

"以后再做这种混账事儿,"银吉在我和金洙的脸上各拍了一下,"我就用火钳子把你们的指甲一片一片地掀掉。"

我和金洙捂着脸嘻嘻笑。

小单瞪着我们,两只眼珠如我们期望的那样,对到了一起。她的头发还没长到能扎起来,脑袋看上去像是个乱线球,虽然每天早晚洗一次脸,但她看上去还是那么黑乎乎的。小单就像一个好玩儿的怪物,想不对她发笑是件很困难的事情。

小单没有自己的衣裳,银吉拿我的旧衣裳给她穿。她刚把一件衣服穿上,我就对她说:"这件我要自己穿的。"等她换了一件,我又说:"这件我也要自己穿的。"每天早晨,我都让她换上十套八套衣服才肯罢休。有一次小单被我惹急了,把脱下来的衣服摔到我面前说:"有什么了不起的。以前我们家有好多中国丝绸做的衣服,我整天躺在那些丝绸里面睡觉。"

显然,我没回答上来的这句话让小单很得意。此后我和金洙一捉弄她,她就拿"中国丝绸"来反驳我们。

有一次在餐室里,她说这句话时被教我们读书的凤周先生听到了,凤周先生板起脸来,呵斥了她:"你们家的中国丝绸是偷来的,你非但不感到羞耻,还用这么扬扬得意的口气到处卖弄,真是寡廉鲜耻。"

"什么叫寡廉鲜耻?"我问凤周先生。

"就是不知羞愧,"凤周先生哼一声,然后喝起了酒,"不要脸面。"

我和金洙一起笑了,然后转过脸来看着小单。

"不知羞愧。"我说。

"不要脸面。"金洙说。

然后我们一起跟小单扮鬼脸:"寡廉鲜耻!"

那天,小单收拾凤周先生吃完饭的碗筷时,把一桌面的瓷碗盘全都砸碎了,银吉老鹰捉小鸡似的,拎着衣服领子把小单捉到餐室门口的庭院里,用捶衣服的棒槌打了她的屁股。

小单尖利的哭叫声回荡在香榭。

"以后还敢不敢了?"银吉打上一会儿,就停下手来问小单。

"等我长大了,我要把你们全都毒死。"小单语气恶狠狠的,每次都这么说。

银吉去找香夫人,要把小单卖到花阁里去。

"她是耍孩子脾气呢。"香夫人笑了。

"你没看到她当时的眼神儿,简直和官府告示上那个人的眼神儿一模一样——"银吉犹豫地说。

"跟着那样的父亲过日子,性情暴烈些是难免的。"香夫人笑了,"这孩子是块冰,在这里待久了,自然会化成水。"

香夫人让人找来一个裁缝,买了几匹布给小单做了几套新衣服。我和金洙在门口站了半天,香夫人好像压根儿没瞧见我们似的。

"小单以后会长成俊俏的女子。"香夫人对裁缝说。

更让我们难受的是,她还用很亲切的语气问小单:"你想学绣花吗?"

小单点点头,她使那么大的劲儿,我们都担心她会把头从脖子上甩掉。

除了学绣花,小单还有权在厨房里跟着大人学任何她想学的事情,新年前做芝麻糖那几天,从厨房那边传来香甜的气息。吃午饭时,小单的手上沾着糯米面,身上带着蜂蜜的味道,端着刚蒸熟的药味小点心去请凤周先生品尝,经过我和金洙面前时,她假装没瞧见我们。

下午在书房里读书时,金洙哭了。

"香夫人不喜欢我们了,她只喜欢小单。"

"那有什么关系呢?"我随口说道。

"你真是个傻瓜啊。"金洙气呼呼地瞪着我,好像我说了很过分的话,"你等着吧,很快我们就要被小单用扫帚扫出香榭大门了。"

凤周先生

凤周先生被香夫人接进香榭里来的时候,已经六十多岁了。他是南原府妇孺皆知的败家子,十八岁的时候,他还拥有几十间房和一幢讲究的套院,娶了一个七品文官的女儿,他的妻子病恹恹的,据说长得极美,结婚不到两年就过世了。

妻子过世后,凤周前后共参加了九次朝廷科考,每次一进入给考生准备的单间,看着四周白花花的墙壁,他的脑子里就变得一片花白。他对着白花花的纸枯坐着,无法相信当官的意义就是在那上面写满汉字。第一次科考三天内他交了三张白卷,接下来的八次也是这样。

第九次科考落榜后,凤周把应试时用过的书聚拢到一处,点一把火烧得干干净净。然后,他很认真地给父母上了香。他们在世时有两桩心事:一是巴望着儿子能出人头地;二是希望出人头地的儿子能风风光光地给他们办花甲寿筵。这两样想法在凤周参加第九次科考时,随着一场急症落了空。

凤周是个孝子,父母在堂时,他从不做忤逆父母心愿的事情。娶妻也好,科考也好,他完全是按照双亲的建议去做的。两位老人过世后,凤周认为生活的大门真正对自己敞开了,他收拾了几件衣服、几箱子闲书住到了天音楼里。

凤周像挂花牌的艺伎一样,在天音楼里单独有一间房,吃住都有人侍候。没有哪个地方能比花阁更对他的胃口了。白天寂静异常,读书著述不会受到丝毫的干扰。夜晚灯红酒绿,歌伎舞伎们打扮得花枝招展,蝴蝶一般在花阁里四处纷飞。凤周躺在枕头上,闻着空气中流动的各种各样的香气,侧耳听着有琴声伴奏的俚曲小调,女子们娇滴滴的言笑声和他只隔着一层苔纸,多年的失眠症竟然在这样的氛围中不治而愈了。

凤周早在少年时已有博学多才的名声,诗文方面颇有造诣,治学上也有很多独到的见解。经常有仰慕者从外地赶来拜访他。凤周待人素来友善,对远道而来的客人照顾得更加用心,日间好茶好酒侍候,入夜以后,还要把花阁里最当红的歌伎舞伎包下来,陪客人尽欢。他豪放的名声一传十十传百,几乎每日都高朋满座。

这样的风流日子,凤周一过就是十年。家产耗空后,天音楼的鸨儿拿出自家人不见外的态度,对凤周说他可以留下来做更夫,结果被凤周一巴掌扇过去打掉了两颗牙。

"你这个老贱人,竟敢对一个贵族说出这样失礼的话来。"

凤周离开天音楼时,把书箱直接拉到了流花酒肆,就像在天音楼里他有间房一样,他在酒肆里也专门开了一张桌子。除了睡觉以外,他所有的生活都挪到流花酒肆里过起来了。

酒肆里声音喧哗,每天都要发生酒鬼们破口对骂或者打成一团的事情,凤周在这样的环境里,照旧过着怡然自得的日子。他的衣服总是一天一换,即使喝得烂醉如泥,帽子也仍然在头上戴得端端正正的。在他的桌子上除酒菜以外,同时还摆着书籍笔墨。

有一个好事的酒客喝醉后,摇晃着走到凤周的桌前,拍着桌子教训他说:"一个贵族,居然把日子过得比泡菜还要穷酸,换了我肯定会一头撞死的。"

"贵族的想法和平民是不同的,"凤周气定神闲地回答,手上正写着的时调并未因有人打扰而停下来,"一头撞死可不是体面的死法。"

"大家都知道你的房子全卖光了,"酒客哼了一声,"你活着都没有地方住,还讲什么死法体面不体面的?!"

"我正是因为想到人死以后反正都要埋在地底下,"凤周笑了,"才决定卖房子的。"

凤周没有了房子,衣物也卖得差不多了,人还活得挺健康。他的情绪也好得很,唯一一次发脾气是因为有人向他建议,他可以给人在扇子上题诗作画,挣点儿散碎银子糊口。后来,凤周眼看着连流花酒肆的桌子也快要保不住了,香夫人派人来请他去香榭给孩子们做先生。

这样一件从天上掉下来的好事,却被凤周毫不犹豫地拒绝了。

"请你转告香夫人,"凤周对送信的车夫说,"我的身份并不适合到贵府充任先生之职,请她另觅良才。"

凤周的姿态让酒客们刮目相看,流花酒肆的老板也破例让凤周的桌子再保留十天。

"你总是说自己运气不好,这一次倒交了老运了,"夜深时,酒肆老板与凤周喝酒,推心置腹地劝他,"香榭可是南原府最让人向往的地方啊。"

"我太老了,"凤周抱着酒坛笑,"美色对我来说,远远不及美酒诱人。"

知情识趣的酒肆老板就不再说什么。

凤周在流花酒肆里待到期限的最后一天时,香榭的车夫再次出现在凤周的面前,这次他没拿信,只把茶碗那么大的一小坛酒放到了凤周的面前。凤周盯着精致的酒坛看了半天,伸手拍开了泥封,一股酒香袅袅地从坛中飘出,就像男人的一声断喝,或者女人高声的一句唱,流花酒肆里的喧哗声受了惊吓似的安静下来,接着如尘埃一般慢慢地落到了地上。

酒肆里一片沉寂,酒客们的目光全都集中到了凤周手中的酒坛上面。

"到底是药师的女儿，"半天的静默过去，凤周瞧着酒坛子发笑，"她倒能想出这样的主意。"

"竟然使出这种小把戏来?"有人立刻接上了话茬儿，"那个女人真是不知天高地厚啊。"

"难道她不知道凤周君是贵族吗?"

"凤周君连银两都不放在眼里，区区一坛酒，喊! 除了嘲笑以外那个女人什么也得不到。"

"那倒不见得。"凤周从容地说，"我虽然不会为女人所驱遣，但身为酒鬼，抗拒不了美酒的诱惑，并不是什么太丢脸的事。"

马夫帮凤周把几箱子书和一套换洗的衣服搬到车上，凤周与酒客们分享了香榭夫人送来的酒，坐上香榭的马车走了。

凤周先生来香榭以后，香夫人把我、金洙、小单安排到后面的房子去住，每天上午我们要学习朝鲜文和汉字。这是凤周先生一天之中最清醒的时间，他总是板着脸，紧抿着嘴唇，手里拿着一根棍子。

小单一直在厨房里帮忙干活儿，和我还有金洙比起来，她玩的时间少，睡觉的时间也少。但凤周先生不管这些，在课堂里，只要小单做了让他不满意的事，他的棍子随时都会打下来。

"背挺直,啪!"

"笔拿稳,啪!"

"字要横平竖直,啪！啪!"

每次凤周先生打小单,她就一动不动地坐着,发白日梦似的,瞪着眼睛看他。

"野蛮的目光。"凤周先生有一次这样说小单。

小单上课时一闭上眼睛就能打一场瞌睡似的。凤周先生停止讲解,我和金洙来回看着他们两个。

屋子里静得能听见小单的喘息声。

"高丽,"凤周先生咳了两声,提高了声音,"山高水丽——"

小单还闭着眼睛,连我和金洙都觉得她实在太过分了。

凤周先生抄起搁在桌边的棍子,朝着小单挥起来。谁也想不到的是,凤周先生手中的棍子突然折了,折断的一截打到了他自己的脸上。他疼得叫出了声。我和金洙眼看着他的半边脸发青,接着慢慢地肿了起来。

小单一副大梦初醒的模样儿,张大了嘴巴,说不清她的表情到底是吃惊,还是在笑。

再上课时,凤周先生换了一根新棍子。没过两天,他伸手拿棍子时,棍子就像长了嘴,把他的手咬住了。透明的树汁在凤周先生的手上变成了黏稠的脏黑色,他把手浸在碱水里,用丝瓜巾整整搓了一上午。当他最后把一只干净的手从水里拎出来时,手掌像干鲜货物被泡发后那样,白乎乎地膨胀起来。

我们没有课上,坐在木廊台上看着凤周先生忙活,小单在花园里荡秋千,她的红裙子像一把团扇,被风吹得翻来覆去。

凤周先生换的新棍子差不多有前两根加起来那么粗,他拖着那根棍子的模样儿,银吉说活像个乞丐。这根棍子让我们上课时呼吸都变得细起来。小单的身子坐得笔直笔直的,听课时两眼紧盯着凤周先生,她的那股专注劲儿,几乎和她在厨房里看见美味佳肴时差不多了。我和金洙也很认真,大家约好了似的,不给凤周先生施展新棍子的机会。

在香榭,谁都知道凤周先生讨厌带毛的东西,他曾经因为一个没拔光毛的鸡腿对厨房里的人大发脾气,甚至说出了要离开香榭的话来。他换过棍子没几天,一天上午他正给我们讲课:

"朝鲜,国在东方,先受朝日之光辉——"

叽叽的叫声响起来,声音细密活泼。

"谁在讲话?"凤周先生停下来,朝我们脸上看过来。

我们老老实实地坐着不动,声音仍旧存在。

"怎么回事儿?"凤周先生又问。

"好像,"金洙小心地回了一句,"——是老鼠的声音。”

“书房里怎么会有那种东西?”凤周先生脸色发白，身子像一个握紧的拳头那样蜷成一团，“它在哪里?”

“好像,”金洙指着凤周先生衣服上面的一个活动着的鼓包,“——躲在先生的周衣里面。”

凤周先生踩到跷跷板一样跳了起来,帽子差一点碰到了屋顶,他摔下来,趴在地上一动不动,连话都说不出来了。

金洙跑去找来了银吉,银吉拿着棍子在凤周先生身上四处打,最后,一只灰色的小老鼠从凤周先生的内衣袖子里钻出来,尾巴一摇,蹿出了书房。

书房里弥漫着一股臊味儿,凤周先生的脸孔呈现出尿黄色。凤周先生把我们打发出门后,独自在窗前站了大半天。直到阳光把他的衣服晒干了,他才离开。

从那以后,小单在书房里歪着身子看书,佝偻着背打瞌睡,或者用手支着下巴对着窗外发呆,凤周先生都看不到了。小单从她的书桌后面失踪,在后花园的秋千架上荡秋千,或者一个人压跷跷板,凤周先生也从来不叫她回到课堂里来,他好像患了遗忘病,变得不认识小单了,要不就是患了奇怪的眼病,哪怕小单和他迎面相对,他也看不见她。

每天吃过午饭,凤周先生就变成了另一个人。他肩膀一耸一耸地,踉跄着身子跳舞似的走进书房,浑身上下散发出流花米酒浓郁的芬芳,他的表情也变得和上午全然不同,和蔼可亲地瞧着我们。

凤周先生下午的课上得很有人情味儿,天上的星星、地上的草木、远古的神话、高丽王朝的某次政变、时调的写作技巧、中午吃的生鱼片的制作方法……

他随心所欲侃侃而谈,甚至不在乎我和金洙是在听他讲话还是在纸上给他画像。和所有丧失了力量的老人一样,醉酒后的凤周先生对约束自己舌头的缰绳明显地力不从心了,只能任由话语扬蹄狂奔。

有一天凤周先生说得口渴了,金洙倒了一杯茶给他端了过去。凤周先生的目光流连在他的身上,金洙走到他身边时,"把手放这儿",凤周先生拍了拍身前的桌子。

金洙把手放到了桌面上,凤周先生眯细了眼看了半天,没说什么。第二天早晨凤周先生来上课时,用托盘端着一杯茶。他让金洙喝一口茶,在嘴里含上一会儿,沿着舌头的两侧慢慢咽下肚去,然后评论一番茶的味道。

这件事后来变成了一个固定的程序,在每天上课前进行一次。

春　香

　　最早是翰林按察副使大人让人从山里挖来野玫瑰,环绕着花园种了一圈。野玫瑰又粗又长的尖刺形成了香榭的天然篱栅。后来,香夫人每年都让园丁买来玫瑰栽上,玫瑰栽得很密实,面积很宽,栽上以后,甚至没有办法修剪。七八年以后,香榭的玫瑰变成一条香艳的蒺藜之河,除非生了翅膀,谁也不能从那足有两人多高的尖刺之中穿越过去。它们把我们向外望的视线也完全阻挡了。与此同时,我们的生活从外面看来,变得更加扑朔迷离了。

　　玫瑰开花时,我又恢复了吃花的习惯,浅色玫瑰的花瓣通常要比深色玫瑰的花瓣多出一缕苦味儿,但香得更清冽、更耐回味。

　　香夫人也吃花,她的吃法和我不同,她让厨房里的人摘来新鲜的花瓣,沾上面粉用油炸过后,淋上蜂蜜当点心吃。

早在玫瑰开花前一个月，随着天气转暖，从草根树皮中间开始向外渗出湿润活泼的气息，凤周先生的脸色就变得一天比一天难看了。第一朵玫瑰开放时，他的手臂上已经零星地出现了一些米粒大小的红色斑点。随着玫瑰花越开越多，花香越来越浓烈，凤周先生身上的红斑也越来越多，他的衣服穿得很严实，他的手臂偶尔从袖子里面伸出来，冷眼一看仿佛戴了红色的手套。他的话一天比一天少，呼吸变得急促，胸腔里经常传出奇怪的声响，好像里面在煮着肉汤一类的东西。

"你们看见那些刺了吗?"凤周先生经常指着外面的玫瑰，喘着粗气对我和金洙说，"它们全都扎在我的身上。"

我能感受到他的痛苦，他的呼吸里散发着一股干燥的焦煳味，有一些火正在他的胸腔里燃烧，他皮肤上的红斑和喘息时动不动就出现的哽咽，都是由这肺腑里的火引起来的。

我让金洙替我削尖了一个弯弯的竹片，钉进花园那棵有几十年树龄的槭树树身上，在竹片的另一边，放上一个敞口的罐子，费了好大的劲儿才接出小半罐槭树汁来。我还让厨房里的女人挖了一些新鲜的桔梗根，煎成浓汁放凉后，把一些蜂蜜和一颗研碎的蜡梅果实一起兑进槭树汁里。

我最后制成的药汁十分浓稠，黄绿色的药汁在白瓷碗冰冷的光泽里显得诡异难测。

凤周先生已经好几天没吃过东西了,我和金洙走进他房里的时候,他像一条快要咽气的鱼趴在凉席上,嘴张得有半张脸那么大。

"我给先生带来了药。"我把碗放下。

"——是毒药就拿过来吧。"凤周先生头不抬眼不睁地说道。

"春香,"金洙拉了拉我的衣襟,咬着我的耳朵说,"算了吧——"

"这是我自己配的药。"我把汤匙递给凤周先生。

"你是想告诉我,这碗药喝下去后,能立刻要了我的老命吗?"凤周先生喘了好几口气才把话说完。

"可能会——"我忽然害怕起来,想把药端走,"还是不要试了罢。"

"等一等——"凤周先生摁住了我的手,"真的是你配的药?"

"是的。"

"我在你外公的药书里没找到药方。"

"这个,是我自己想出来的药方。"

"是吗?那更应该试一试了。"凤周先生冲我笑了笑,伸手抓住碗。

"您不再考虑考虑吗?"金洙把住了碗。

"你们要记住,倘若我死了,是因为我受不了那些玫瑰花的香气,和这药没什么关系。"凤周先生看着金洙,加重语气嘱咐,"一定把这话转告香夫人,知道吗?"

他说完,把药碗端到嘴边,一口气全喝下去了。

我看到凤周先生的嘴角残留着一点儿黄绿色,感觉到那些药水在他的五脏六腑里变成了一只怪兽,它的力量到底有多大,我自己也弄不清楚。

从下午到傍晚,我和金洙坐在木廊台上,眼看着凤周先生在自己的卧房和茅厕之间来来回回地跑。迎风的时候,他的衣服朝后飘舞,骨头架子在风中完整地凸现出来。

我伸手去抓金洙的手,他转过头来看了看我。"万一凤周先生死了怎么办?"我问金洙。

"那我们就再也不用读书识字了。"金洙短短地笑了一声,很快又收住了,他抓住我的手,"放心吧,春香。他不会死的。他就算死,也是玫瑰花害死的,不是你。"

我们身后响起一连串脚步声,小单穿着一双木拖鞋,从书房里出来,差不多是擦着我们后背,"噼啪""噼啪"地沿着木廊台向前院跑去了。她的短裙兜了风后,像一把伞围着枯瘦的身体圆滚滚地撑了起来。

过了一会儿,银吉和另外两个在厨房里干活的女人在小单的带领下,匆匆地跑了来。

凤周先生龟着头虾着背拖着脚后跟,刚好从茅厕里出来。

"天啊,凤周先生的脸都变绿了。"一个女人用手捂住了嘴。

"是半黄半绿。"另一个女人补充了一句,"瞧着吧,这种脸色的人肯定不会活着见到明天的太阳。"

"春香,"银吉在我的身边坐下,低声问我,"你给他喝了什么了?"

"治病的药。"

"你从哪弄来的药方?从药房里面吗?"

我摇摇头:"是我自己想出来的药方。"

"啊呀!"一个女人尖叫了一声,"春香小姐竟然用自己想出来的药方给凤周先生治病?"

"老天爷啊,"她的同伴一屁股坐到地上,手在木廊台的地板上拍打着说,"这下子可要出人命了。"

"他们不想读书,"小单手指着我们,高声说道,"就给凤周先生下了毒。"

小单的眼睛像两盏灯似的熠熠闪亮,她又跑到前面去了一趟,这回跟着她来到后院的是香夫人。

"不会惹上官司吧?"银吉仰起头来问香夫人,"春香还是个孩子呢。"

"春香,"香夫人俯下身子望着我,"药里面都配了些什么?"

"凤周先生不会死的。"我说。

除了这句话以外，我觉得没什么可说的，就紧紧地闭上了嘴。

"你这个孩子——"银吉对着我的脸举起了巴掌。

我没说话，瞪着眼睛看她。最后她叹了口气，在我的头发上轻轻拍了拍，把我搂进怀里。

香夫人把金洙叫到一边。我扭回头去瞧了他两眼。金洙规规矩矩地站着，香夫人问他一句，他嘟嘟囔囔地回答出一大堆话。

天黑以后，银吉让人把挂在木廊台屋檐下的灯笼点亮，香榭里所有的人都聚集到后院来，在木廊台上坐成了一排。凤周先生脚下的石板路似乎变得越来越黏了，他每一次抬脚都让人提心吊胆。走路时他使劲儿地夹着两腿，那副样子就像一个不太好使的衣服夹子。

有人想去帮忙，被香夫人制止了。

"你们的好心好意，凤周先生是不会接受的。"

我能闻到他身上的浊气在一点点地减少，但另一股火气却在不断增加。他一辈子的颜面都在女人们关切的注视下丢尽了。

凤周先生最后一次从茅厕里出来时，只走了一半的路就倒在地上了，他的身子仆倒在地的同时，嘴里的一口黑血喷出老远。

"总算死了，"一个女人打了个呵欠，两手叉腰站起来，"他跑了这么久，看起来，升天的路还真是不近呢。"

我第一个跑到凤周先生身边，撩起他的衣袖，他胳膊上的那些红色斑点都消失不见了。

"你什么时候有了这样的本领？"香夫人问我。

凤周先生昏过去后，银吉和两个仆人把他弄到浴房里去洗澡，走之前她打发其他仆人各自回房睡觉，金洙和小单也被告知回到自己的房间里待着，整个后花园只剩下香夫人和我。

"我能闻出很多东西独有的气味儿，还有，外公的书里记载了很多有趣的药方。"

"真的啊？"香夫人笑了，"倘若你是男人，你会成为一个了不起的药师，就像你外公那样。也许，会比外公更出色。"

凤周先生也对我说过类似的话。他偶尔会到药铺里面坐坐，翻看外公留在家里的药书。

"你外公是个了不起的人。"凤周先生对我说。

什么事情只要和外公沾边儿，银吉就会变得兴奋异常。她说凤周先生果然是贵族出身，又有学问，又有眼光，所以他才能凭着那本卷了边的药书发现外公是了不起的人。

"有本事的人都有相似之处。"银吉列举了好几样事情来说明外公和凤周先生都是不同凡响的人物。

凤周先生确实经常让人想起外公。银吉说，外公也喜欢喝酒,但不像凤周先生喝得那么没命,凤周先生喝的酒比别人喝的水还要多。

"凤周先生说我可以当一个好药师。"我对香夫人说。

"现在我也这么相信了。"

香夫人坐在灯光下面,对着我微笑。她的美丽带着黏性,让人不由自主地想贴近她。

"我经常能从你的身体里闻到别人的气味儿。"

香夫人的笑容逃走了,但她的表情里面还留存着几丝笑容的踪迹,她的脸色变得像晚霞一样好看。

"——也是,闻出来的?"

"是的。"

我想起几年前半夜里闯进香夫人房里的事情。从她的眼神里我可以断定,她和我想的是同一件事。

"春香,当你长大成人,你就会用另外的眼光看待很多事情了。现在我无法对你做出合适的解释——"

"我知道男女之间的事情,"我望着香夫人的眼睛,"外公的书里写着呢,还画了图。"

"是吗?"香夫人扬起了眉头,"金洙和小单也看过吗?"

"没有。他们不喜欢去药铺。"

翰林按察副使夫人

翰林按察副使夫人陪伴父亲的灵柩回到全罗南道的家族坟地落葬，返回汉城府时，她绕了一段路，来到南原府。

她的黑漆马车和六个仆人被四黄挡在香榭门外。四黄是一条母狗生出来的四胞胎小狗，它们在珍宝岛刚生下一个时辰就被驯狗师用棉被包着，踏上了来香榭的路。珍宝岛的狗以忠心耿耿闻名，它们个头并不大，长着虎皮色的黄毛，枣色眼珠，三角形的耳朵，长竿尾酷似一把倒挂的镰刀。它们的警觉性超乎寻常，哪怕夜里睡觉，也保持着随时一跃而起的姿势。包括驯狗师在内，没有人能分清四黄之间的区别，大家哪怕只叫一条狗，也喊四黄。

银吉听见四黄的叫声，出来迎接客人，翰林按察副使夫人身着丧服，一言未发，她的女仆呵斥银吉："瞎了眼睛的看什么看，还不快把这几条恶狗赶走，请贵客进门?!"

翰林按察副使夫人在香榭四周转了转,玫瑰花绿叶披拂,花苞正在酝酿,药铺门口的菖蒲刚刚开花,碗口大的花朵,鲜血似的颜色,宛若伤痛,触目惊心。

她回到客室时,香夫人已经收拾停当出来了,她在木廊台上躬身施了一礼:"您来了。"

翰林按察副使夫人盯着香夫人的脸庞,打量了一会儿,哼了一声,走进客室,在屏风正中的主座上坐下。

她的女仆紧跟着进门,在她身边稍后一点的位置坐下。

香夫人进了客室,在客座上落座。

银吉挨着她坐下。

"我一直想看看,"翰林按察副使夫人像是在问自己的女仆,"是什么要了那个人的命。"

"有毒的花,"她的女仆嘴唇薄得像纸,眼睛眯成锋利的刀锋,打量着香夫人,"天生的贱货,万恶之源。好花不常开,她现在笑得好看,等到年老色衰的那一天,男人会拿她当擦脚布、过街的老鼠、野外的茅房。"

"他自己何尝不是一个下贱货?"翰林按察副使夫人慢悠悠地说,"不知感恩的穷酸,虽说也是贵族出身,但早就外强中干了,还不是仰仗我父亲的扶持才过上了体面的日子。"

"所以才得了那样的报应。"女仆附和说。

"没见过这么奇怪的人，"银吉说，"跑到别人家里来自言自语，真像脱裤子放屁！"

"哪里蹿出条看家狗来汪汪叫？！"翰林按察副使夫人的女仆对着银吉怒目而视。

"说得没错儿。"银吉也不甘示弱，"养家护院的狗要叫也要先看看地方！"

气势汹汹的女仆身子起了一半，被翰林按察副使夫人鼻腔里的"嗯哼——"给拽住了。

她瞪了银吉一眼，又坐回去。

"我正在服丧期，"翰林按察副使夫人抬眼看着香夫人，"父亲大人本来仕途顺利，受人爱戴，是你和我丈夫的苟且行为令他蒙羞。你们的事情沸沸扬扬，甚至在他死后，仍旧像鬼魂一样在坊间四处流传。父亲大人无法避开你们的丑事，仕途也因此变得坎坷。十几年来他的脸上再无欢颜。"

"如今他终于结束了痛苦的生活，倒也是一件好事。"

"你竟敢——"翰林按察副使夫人脸上的肉气得颤动起来，"如此放肆？！"

"不要脸的娼妇，下贱胚！"她的女仆又蹿起身子来，她捋了捋袖子，犹豫着要不要对香夫人动手。

银吉也霍地坐直了身子。

"生又何欢？死又何惧？"香夫人淡淡地说。

"——那个家伙倘若活着,我或许会建议他把你娶进门来。"翰林按察副使夫人慢慢恢复了平静,一字一顿地说道,"我们的相处会很有趣的。"

银吉跑到书房来找我时,脑门上全是汗,她一句话也没说,伸出胳臂老鹰捉小鸡似的把我从书桌后面拎起来,沿着木廊台拖着我往前面跑。她的脚步踩出的咚咚声,比鼓声还要响亮。

我受了她的影响,心也怦怦怦地加快了跳动。

"我早该防备的——"银吉语无伦次,"我光盯着那个仆人了,没留神她,结果就——"

翰林按察副使夫人刚刚离开时,在木廊台上停了下来,捂着肚子慢慢地蹲了下去。

银吉和她的女仆那会儿正肩膀顶肩膀,横眉立眼,互不相让。

香夫人犹豫了一下,俯身过去问翰林按察副使夫人:"您怎么了?需要帮忙吗?"

翰林按察副使夫人伸手抓住了香夫人,她庞大的身躯差点儿把她压倒。

银吉过去把她的身体搬动到一边,把香夫人拉了过来。

"她们离开时,脸上的表情——"银吉说,"我就知道哪个地方不对劲了,刚这么一想,香夫人就昏倒了——"

除了凤周先生和金洙,香榭所有的人全都聚集在香夫人的卧房门口。她们站在香夫人房间外面的木廊台上,嘴唇紧紧地抿着,他们望着我的目光让我感觉到某种疼痛。

我跟银吉进了房间,香夫人躺在褥榻上,脸是青色的,嘴唇是紫色的,像朵含苞的玫瑰,艳得让人惊心。

"春香啊——"银吉抓着我的肩膀,她的手哆嗦个不停,用力地摇晃着我的身子,"快救命——"

我拍拍银吉,在香夫人身边跪下,闭上眼睛用舌尖轻轻地亲吻着她的嘴唇,我能感到在香夫人的身体里面,一道冷冷的、黑色的口子还在不断地扩大。它的力量如此巨大,难怪香夫人连睁开眼睛的力气都没有了。

我的心里乱成了一团麻,我竭力找出根线头儿,把思路理理清楚。

"——烧水,用大锅煮大蒜,有多少放多少——"

没等银吉开口,厨房里的女人已经朝厨房的方向跑去。

我伸头看着园丁:"你们把家里种的芦荟挑叶长肥大的剪下来,榨出一碗汁来,越快越好。"

两个园丁转身跑去花房。

我让银吉守在房间,跑去药房,在草药堆里翻出一堆甘草,从抽屉里往外拿毒药时,我没有丝毫犹豫,我不知道我是怎么知道要用那个毒药的,但我就是知道。

我出门时，跟金洙撞了个满怀。

"她要死了，是吗？"金洙脸被泪水打湿了，新的泪水仍然源源不断地往外涌，和香夫人昏迷不醒的模样儿比起来，他的眼神看上去更像一个要死的人。

"我不知道。"我把甘草递给金洙，"替我送到厨房，让她们煮水。"

金洙接过甘草："你能把她救活吗？春香？"

"——我不知道。"

我走进房里，银吉抱着香夫人，眼睛里含着泪，像溺水的人不知如何摆弄自己的手脚。

"春香啊，春香——"银吉叫我，"这可怎么是好啊？"

我从她的手臂里扶过香夫人，把她放在枕头上。

"你摸你摸，"银吉拉起香夫人的一只手臂塞到我手里，"她是不是没救了？她摸上去这么凉，好像连脉搏也没有了——"

我看着那条手臂，上面被指甲划破的伤痕变成了几根粗粗的黑线。原来，毒是从这里进去的。

从花房那边传来大呼小叫的声音，园丁端着一个大碗朝这边跑过来，碗上面盖着另一个碗，溅起来的汤汁从碗沿边漫溢出来。我把手里的药丸放进碗里，用汤匙慢慢地搅动，让它化掉，然后我朝银吉示意，让她把香夫人扶起来。

香夫人的身子比平时沉了好多，唇色已经变成了黑色,我抬手捏住她脸颊,让她的嘴巴张开,让银吉用汤匙把芦荟汁一口一口地给她全喂进去。

喂完后我让仆人把香夫人移到浴室里去,让仆人们一盆接一盆地把煮好的大蒜水端进浴房里来,一直装满整个浴桶,我们把香夫人泡了进去。每隔半个时辰,我给香夫人灌一大碗甘草水。甘草水灌进去一会儿就会被她吐出来,香夫人软软的,一点儿力气也没有,那些甘草水像神话故事里的水龙,自己从她嘴里蹿出来。

我们把香夫人从浴桶里拉出来后,大家一起用刚煮熟的鸡蛋在她身上滚来滚去,那些鸡蛋剥掉皮后,蛋白都变黑了。折腾到第二天快天亮时,香夫人的气息平稳了。她的脸色变得像蛋清一样透明,唇色不再是紫色,变得像被雨水漂白的花瓣。

那刻,我独自陪着香夫人。

我想起很多年前,我和香夫人赤着脚坐在木廊台上,闻着花香,看蝴蝶飞来飞去的情形。还有在夜里发光的萤火虫,还有从香夫人房里传来的男人的笑声,他们的笑声那么响,仿佛世间所有的高兴事都让他们遇上了似的。

香夫人的脸在湖水下面抖抖闪闪的,她的笑容看上去很不真实。

"你在流泪,春香。"香夫人的嘴唇动着,声音细若游丝。

我在木廊台上奔跑着，我见到的第一个人是手握酒壶的凤周先生。

"香夫人活了！"我抓着凤周先生的手大声叫，"你相信吗?!"

"当然。"凤周先生慢条斯理地答道。

他的态度止住了我的脚步："您是怎么知道的?"

"你又是怎么知道那些药方的?"凤周先生斜睨了我一眼，他的脸上有微妙的笑容。

"有时候，比如说现在，我会觉得外公活在我的脑子里。是他的药方，不是我的。"

"春香，你天赋异禀，青出于蓝。"凤周先生把酒壶举起来递给我，"喝一口吧，庆贺庆贺。"

我为难地看了一会儿酒壶："壶口上面沾着您的口水呢。"

凤周先生放声大笑。

"既然如此，我就不强人所难了。"

在为香夫人调理身体的那段时间，我让园丁挖了野玫瑰的根，每天煮水让香夫人泡上一个时辰。经过此事，香夫人变得比以前更加年轻更加美丽，她的皮肤比我和小单还要娇嫩，身上散发着幽幽的香气。即使是女人，见到她也会怦然心动。

宫廷乐师

南原府出现了一些陌生的脸孔是后来的事情,这些年轻人大多拥有与他们年龄不太相称的严肃表情,佩剑的就更特殊些,看上去就像司宪府专门进行暗访的官差。第一批来到南原府的年轻人在城里转来转去,吊足了南原府人的胃口,最后,本地的好事之徒终于打听到这些年轻人是受了盘瑟俚艺人和异闻传记的蛊惑,专程来拜会香夫人的。

"啊呀,原来如此!"

南原府一颗颗好奇的心落了地,同时,大家意识到香夫人的传奇故事已经越走越远了,远到了他们的双脚没有走到的地方,还远到了他们的头脑没有想到的地方。而这些新面孔的出现,无疑又给盘瑟俚艺人和赁册屋书生们的创作提供了新素材。所以大家都说,在南原府的空气中,只飘荡着两样东西:一是香夫人的名气,二是流花米酒的酒香。

宫廷乐师就是在这样一种氛围中回到南原府的。也

正是他,创作了那首后来被盘瑟俚艺人及赁册屋书生大肆引用的时调:

> 梨花月白,银汉三更。一枝春心
> 惟有子规知情。
> 喂肥绿耳霜蹄,洗净溪边,飞身上马
> 砥砺龙泉雪锷,系紧腰间,一刃横插。

宫廷乐师是因为眼睛生了白翳才退休的。这个骄傲自大的艺人回到故乡以后,发现没有人在乎他曾经在王宫里司职多年的显赫经历,大家的注意力全都集中到了香夫人的身上。

有一天,乐师在流花酒肆遇见一个少年,从装束上瞧,少年即使不是两班贵族家的子弟,也肯定是有钱人家出身。乐师的目光尽管有些昏花,也仍旧能从慑人的华彩剑光中,看出少年手中握着的是一把宝剑。

"香夫人像个金夜壶,"乐师手捻胡须,对身旁的酒客感慨,"连这种毛都还没长全的小家伙,都想对她脱裤子。"

当时是上午,酒肆刚开门不久,大多数酒客的头脑还是清醒的。少年一言不发,执剑向乐师刺过去时,几个人立刻扑了上去。

乐师听见声音回头,剑尖只差半尺就刺进他的胸膛里。

少年的眼珠黑漆漆的,纯净而冰冷。

酒客们大嚷大叫着,连推带搡地把少年拉开。

"你的舌头像花园里的杂草,早晚会被人割下来。"少年用剑指着乐师说,他从容不迫地把剑插回剑鞘,下楼走了。

乐师又气又怕,浑身哆嗦,连喝三大碗流花米酒压惊。

"这个家伙是从哪里来的?!"乐师把桌子拍得砰砰响,"谁告诉他可以这样对待一个在王宫待过二十年的乐师?!"

那天下午乐师开了好几坛酒,自己喝,也请别的酒客们喝。第三坛酒拍开泥封后,乐师把酒肆挂在墙上做装饰物的一面小鼓拿了下来,像盘瑟俚艺人那样给酒客们说唱起了汉城府里艺伎们的故事,他把所有的女主人公统统称作"香夫人",酒客们笑得前仰后合。

乐师的说唱受到了热烈欢迎,从此一发而不可收,每天中午他都要在流花酒肆来上一段儿。流花酒肆的门前人潮涌动,许多下田种地的男人会专程赶来听乐师说唱香夫人的故事,听完后再匆匆回到田里去干活儿。

一个月后的某天夜里,乐师失踪了。他的家人找了好几天,最后在山中发现了他。乐师被人绑在一棵树上,头顶上方,他的舌头皱皱巴巴地被一枚银钉钉在树身上，倘若不仔细看，很容易被人当成是一片枯树叶。

乐师追求了一辈子的体面，临终时却一丝不挂，他的全身上下被人涂满了蜂蜜，身体表面覆盖着一层黑压压的蚂蚁，仿佛穿着一件自己会动的衣裳。

乐师的家人把他放到了担架上面，他的舌头连同那枚银钉从树上拔下来后，放到了他的嘴边。乐师的家人在中午集市交易最热闹的时候，从谷场上穿行而过。抬担架的四个男人鼻孔中塞着棉花球，表情严肃地走着；跟在后面的几个女人把头埋进胸前，用手捏着鼻子哭，她们的哭声让人想起一块飘扬在空中的大布，被精细的高音撕扯成一丝一缕的。

谷场上的人们像涨潮的江水从道路两边涌过来，跑得最快的那些人到了乐师身边后返身想退回去，但后面拥过来的人群早已竖成了人墙，挡住了他们的回头路。人越拥越多，站在前面的许多人忍受不了尸臭，跪在街头呕吐起来。

乐师的家人声势浩大地把乐师抬到南原府官府大堂的门口。四个男人轮番敲惊堂鼓，第一个敲鼓的人敲到第四回时，南原府使大人终于一脸疲惫地出现在大堂上。

"在王宫里尽职尽责地做了二十年的乐师，竟然得了这样悲惨的下场，乌鸦会白头，老虎也会垂泪啊。"乐师的家人气愤难平,"大人,您一定要亲自过来看看,一个高贵的艺人被糟蹋成了什么模样!"

"活着的人虽然千姿百态,死去的人却都差不多少。"南原府使大人坐在上面皱起了眉头,用袖子挡住脸,命左右差人扇起扇子。

"味道真是够呛啊。"他感慨了一句。

"都是香夫人干的好事。"

"一个女流之辈,"南原府使大人沉吟了一下,"如何能做出这等事来?"

"即使不是她亲手行凶,也是她在背后主使他人作恶。"

"他人又是谁呢? 可有证物?"

乐师的家人呆怔了片刻,说:"乐师在王宫司职二十年——"

"这个我知道。"南原府使大人一挥袖子,打断乐师家人的话头。

"我们只求大人惩办凶手以慰亡灵——"

"那是自然,"南原府使大人看了看站立在公堂左右的公差们,手撑着桌面站起了身子,"你们就辛苦辛苦吧。"

左右公差刚应了一声,乐师的家人高声叫了起来。

"凶手的身份不查自明,分明是香夫人报复杀人。"

"香夫人为何要报复杀人呢?"

"乐师曾经在流花酒肆中说唱过一些艺伎的故事，香夫人以为是在影射自己，故而报复杀人。"

"乐师在王宫司职多年，怎么会干出盘瑟俚艺人的勾当？"南原府使大人笑了，"他说唱的故事既然是艺伎，和香夫人又有什么关系？我倒听说有一个佩剑的少年在酒肆和乐师争执过，而且说了些和舌头有关的话吧？这个少年是香夫人的爱慕者，自己心爱的女人受到了羞辱，只怕不会善罢甘休吧？"

乐师的侄子霍然起身，冷笑着问："大人如此袒护那个不要脸的贱人，只怕也有些不清白的原因吧？"

"年纪不大，胆子不小。"南原府使大人两眼紧盯着那个出口不逊的年轻人，两手从桌面上撤回，身子懒洋洋地向后一仰，坐回到椅子中去，"你倒说说看，我是如何不清白的？"

"叔父失踪后，我们日夜寻找，在他失踪的第二天晚上，我亲眼看见香榭的马车到过大人官邸的偏门，那马车是花梨木打制的，那两匹马在黑夜里白得像光一样，有人从车厢里抬下去一个箱子后，马车就离开了。天亮前我从偏门经过，又看见香榭的马车停在那里，有一个披着斗篷的人出门后，被马车拉走了。"

"你从死去的乐师那里得了盘瑟俚真传了吗？"南原府使大人笑了，"故事编得有板有眼。只可惜人命关天，不是你红口白牙一说了事的，我没兴致再听你的胡言乱语了,现在最大的疑犯是在酒肆中曾和乐师口角过的少年,先把他缉拿归案了再说。"

南原府使大人把话扔下,退堂走了。

公差们为了追捕、缉拿凶犯,包了流花酒肆临街最大的一张桌子,一天中倒有半天多泡在酒肆里。也不知是谁出银子,公差们每日好酒好菜,推杯换盏,过着比神仙还要快活的日子。至于那个祸从口出的少年,许多人在乐师葬身众蚁之口前都说见过他,但乐师死后,他的影踪也似乎随着空气蒸发了。

乐师家的人从官府里得不到满意的答复,把乐师抬到了香榭的门口。他们做了一个木架子,上面铺上藤条后,把乐师放了上去。十几个牙尖嘴利的妇人被雇用了来,她们用棉花塞住了鼻孔后指着香榭叫骂。到了夜里,她们把乐师一个人扔在藤条上面,四散回家。

银吉带人在香榭大门口挖了一条宽沟,弄来很多石灰撒在沟底,又让人在石灰上面铺了一层木炭。木炭点着后,花房里的女人在木炭上不时地放上几捆干透了的香草。干燥浓郁的香气沿着看上去十分红艳的火线四处弥漫着,仿佛一大块倒挂着的纱布飘摇在夜幕中。乐师身上的臭味儿透过这块纱布,被掩盖得难以辨别。

"我喜欢这样的夜晚。"金洙拉着我坐在木廊台上,瞅着大人们拖着地上的阴影来来去去,快活地说道。

"比过节还热闹。"我也觉得很好玩。

小单在离我们不远的地方坐着,她不敢一个人待在后院,但又不喜欢和我们待在一起。

乐师散发出来的气味传到了很远的地方。第三天的夜里,有人把尸体搬到了南原府官邸的门前。同时,一个和瘟疫有关的流言也行走在南原府的大街小巷。巨大的恐慌笼罩了南原府,死去的乐师和他活着的家人成了最不受欢迎的人,人人避之唯恐不及。最后,他们最后只能眼睁睁地看着官府的公差指使着几个穷酒鬼抬着担架,把尸体扔进了深山。

几个月后,有人从山里回来,说是看见一副被蚂蚁蛀空的人骨架。

"风一吹,骨头咣唥咣唥地响,就像乐师在说唱盘瑟俚似的。"

两年以后,当时的南原府使大人任职期满,调任回到汉城府,在司宪府充任一个闲职。在一次酒会上,男人们喝醉后说起风流事,话题扯到了香夫人身上。

香夫人的马车白日很少出门,但几乎每夜都迎来送往。

"真有那么多男人拜访吗?"有人质疑,"她的身体吃得消吗?"

大家放声笑起来。

"送进香榭的礼物,据说都是用马车拉的,排场惊人。"

"是这样吗?"有人问前任南原府使。

"我没有那样财力。"前任南原府使看了亲王一眼,"但倘若是亲王大人,那就不好说了。"

"用不着这么谦虚吧。"亲王笑着说,"你们哪一个地方官不是盆满钵满?相比之下,我们是店大屋空。"

有人提起宫廷乐师被杀一案。

"按乐师家人的说法,"亲王李素心问道,"那天晚上,香夫人真的到你的官邸去过吧?"

"是有人来,但不是香夫人,而是全州名伎金飘。"

"我知道金飘,"有人插话说,"据说她可以在盘子上面跳完一整支动动舞。"

"的确是一个轻盈的女子啊——"前任南原府使捻须微笑。

"香夫人用艺伎而不是自己的美色来贿赂你吗?"有人问。

"金飘只是来告诉我在流花酒肆里发生的事情,还有在乐师失踪的三天里,和香夫人在一起的人是谁。"

前任南原府使恭敬地对着亲王微笑。

亲王的脸像鼓面一样绷了起来。

"是谁呢?"有人兴致勃勃地问道。

"南原府的米酒把我的脑子弄坏了。"前任南原府使敲了敲头,"我的记性几年前就变得差劲儿了。"

"香夫人这种嫁祸于人的伎俩,你会相信吗?"亲王问道。

"本来我是不相信的,但是第二天早晨起来,金飘离去以后,我发现了抬她进府的箱子,"前任南原府使脸上浮现出暧昧的笑意,"头一天晚上,金飘就是坐在这个箱子里,被人抬进我的内居室里来的。当时我感到很奇怪,就算金飘想掩人耳目的话,可以用斗篷什么的把脸遮挡一下嘛,何必如此费力地让人装进箱子里抬进来呢?"

"箱子里还有别的奥秘?"

"是箱子本身。"前任南原府使扫视了一遍听众们聚精会神的眼色,叹息着答道,"天亮后我发觉那口箱子是用纯金打制的。"

"这个女人——"亲王的表情呆了呆,莞尔一笑,"这个香夫人啊——"

"香夫人心机深藏,"前任南原府使感慨万千地说道,"她想要乐师的命,根本用不着采用那么笨的方法。"

"即便她是真凶,"亲王笑了,"你们谁又有本事奈何得了她?!"

"即使有亲王这样的权势,"前任南原府使说,"我们也舍不得下手啊,倘若没有这个女人,南原府就像没有颜色的布匹、没有放盐的菜肴、没有山水的荒地。香榭就像南原府的戏台,是香夫人让南原府鸟语花香,变成了神仙洞府。"

我和金洙

十四岁那年,整整一个春天,我被自己身体内的变化困扰着。有一颗浆果日渐成熟,它散发出来的腥涩之气有时会把我从梦中唤醒,我和自己的身体因此变得生分了。

金洙在十五岁时,个子已经长得和银吉一样高了。除了读书以外,他大部分的精力都放在和茶艺有关的事情上。入冬以后,香夫人在没有客人造访的夜里,把金洙叫到房里,让他展示一下茶艺。只有第一次,金洙是在梦中被银吉叫醒的,从那天开始,金洙从来没在午夜以前睡过觉。

金洙为香夫人煮茶的时刻,我通常在睡觉。我的许多梦境都与鲜花有关。香夫人说这是我常年洗花浴造成的。季节好的时候,香榭被玫瑰花香笼罩得密密实实的,我们每个人的气息都沉浸其中。到了冬天,花木凋零,我们的身体就变成了香榭里的草木,各自拥有不同的味道。

"女人的美貌只能迷惑男人的眼睛,女人的气息却可以征服男人的心。"

相对于香夫人的理论,我更喜欢金洙的说法。他说有我在的地方,总像有鲜花在盛开。

我想起好几年前,金洙曾经对香夫人身上的气味很着迷,可如今他对我身上发生的微妙变化却闻所不见。

每天早晨我们在餐室里相遇,倘若金洙的眼睛布满了血丝,并且目光因此变得熠熠生辉的话;或者是他把饭碗当成茶碗,托在手心里,用另一只手轻轻地摩挲着碗沿,嘴角渗出微妙的笑意;再或者他整个人沉浸在他自己发出的某种甜蜜的气息中,任何一个细小的表情都好像是从遥远的地方千山万水地传送了来,通过他的脸孔释放出来的话,那么我就知道,前一天夜里,金洙一定是到香夫人的房里去过了。

在这样的日子里,吃过早饭后,无论我走到哪里,都会被金洙找到。倘若他不对我诉说前一天夜里在香夫人房里发生过的事情,藏在他肚子里的话语就会和那些晾干的姜米片被扔进油锅里,呼啦一下爆炸成很大的姜米果子那样,那些话语憋得时间太长,爆炸起来会让他的肚子爆破。

金洙似乎不知道自己的诉说缺少新意,那些芝麻粒似的细节,他就像嚼肉干似的说得津津有味。有很多时候,我盯着他的嘴唇在心里默念着某个药方。直到他把想说的话从肚子里倒空为止。有一次他啰唆够了,伸手在我的眼前摆了摆,让我看着他。

"春香,我现在是男人了。"

"就因为你给香夫人煮了茶吗?"

"我进了香夫人的房间,得到了她的款待,在南原府,谁都明白只有男人才能做到这些。"金洙的表情很严肃。

"好吧,金洙,"我一时想不出反驳他的话,"你是个男人了。"

如今,我的起居饮食都由小单来照料了。银吉说女大十八变,小单不光心灵手巧,相貌也越来越耐看了。

"昨天还是小苗苗呢,"吃饭时,银吉笑着感慨,"打个盹儿的工夫,他们三个就长成大人了。"

"春香小姐和小单现在出落成小美人儿了。"厨娘感慨。

小单用很优雅的姿态给我端来蔬菜汤。

"再过上几年,香榭不知会热闹成什么样儿呢,"另一个仆人说,"男人会把香榭的门槛踏破的。"

"香榭没有门槛,玫瑰上面倒有的是刺。"厨娘说。

"香夫人像我们这么大时是什么样儿?"小单问银吉。

"看春香不就知道了。"

小单瞟我一眼,移开目光。她很用力地嚼着洗牙的打糕。每次吃完饭,或者吃了玉米糖,在漱过口后我们都要嚼加了粗盐末的打糕洗牙,小时候小单不愿意吃咸东西,挨了银吉不少的打。现在银吉懒得管她了,她倒好像喜欢上洗牙了。

一天下午,我和金洙在书房里读书,我发现他目光发怔,透过打开的窗子望着花园里的小单。她的辫子挽在脑后,用一根竹筷别住,在花丛旁边用抹布把晾衣架子擦干净以后,弯腰从木盆里拎起一件件洗好的衣服往上面搭晾。她的动作看上去宛若风中柳条,身子挺直后,胸前出现了一弯动人的起伏。

傍晚时我在浴房里洗澡,小单提着一罐热水推门进来,她往我的浴桶里添水时,目光长久地落在我的胸前,脸上现出暧昧的笑容。

"我长了奇怪的东西吗?"我问她。

小单痴痴地笑,不说话。

"把你的衣服脱了。"

小单呆住了:"您说什么?"

"把衣服脱下来。"

我撩起水朝她的身上泼了过去,小单尖叫了一声,低头打量自己被打湿的衣服。

"您怎么如此粗鲁——"小单嘟哝了一声。她抬起眼睛盯着我,目光慢慢地湿润起来。她慢吞吞地拉开衣带,脱掉小衫,然后把裙子的肩带从肩膀上拉下来,垂到裙子上面,接着脱掉衬裙,最后,她解开了内衣的两条细带。

我深深地吸了一口气。

两朵雪白的莲花花苞开放在小单的胸前,乳头宛若两滴粉红色的露珠。

小单的脸涨得红红的,但她挑起眉毛看着我的样子,好像刚才是她吩咐我脱下衣服的。

我让小单穿好衣服出去了。

白天我们在书房里读书,两年前凤周先生就开始带着酒壶给我们上课了。他把酒壶放在书桌上,用两条手臂搂抱着,笑逐颜开,想起了哪段经典便大谈特谈一番。有时候他也不引用经典,随便拿来什么诗、时调之类的,随意评论。

有一天他居然提起了几年前宫廷乐师调侃香夫人的那首时调。

"虽说是粗俗了些,乍听起来是口语白话,细品起来却全无韵脚和平仄方面的错误。整首时调颜色以白绿为主,白是女人的肌肤,绿是男人的生机,形容得真是活灵活现啊。至于其中所蕴藏的张弛节奏,软硬凉热,更是呼之欲出,有说不出的生动。"凤周先生眯起眼睛,打开酒壶喝了一口酒,咂了咂嘴,"其实作文如同茶酒,名士大家们写诗著述,读起来如同茶艺,沏一遍水品一层味,年轻时还觉得那些东西意味深远,活到我现在这个岁数,才明白受了愚弄,那些东西最是寡淡无聊;倒是市井花阁间流传的时调俚语,和酒仿佛,初时觉得辣口,但时间越长,滋味越是饱满。"

凤周先生摇头摆脑地感慨了半天,在我和金洙的脸上来回打量,笑眯眯地说:"你们将来有了阅历,自然会明白这首时调的奥妙。"

"我和春香已经长大成人了,"金洙涨红了脸,"先生讲这些低俗的时调,分明是误人子弟!"

"帽子还不小呢,"凤周先生哼了一声,下巴搁在酒壶壶嘴上盯着金洙,"跟香夫人喝几次茶、谈几句诗词,你就把自己当成人物了?!"

"我是想成为堂堂男子汉啊。"金洙说,"我想考取功名,这有什么不对?"

"考取功名,当了官,然后风风光光地回香榭做男主人?"凤周先生笑微微地说,"你的野心比蚂蚁大不了多少。"

金洙说不出话来,脸色煞白煞白。

"香榭的主人只有一个,就是香夫人自己。"凤周先生说,"香夫人知道自己是谁,自己在做什么。你想跟她做朋友,或者成为她的情人,也必须知道自己是谁,自己能做什么。"

"我没——"金洙蔫头耷脑地，嗫嚅着，"您不要信口雌黄。"

凤周先生的折扇用了太久了，有好几处破损，露出了扇骨，上面的白纸已经发黄。

"男人好色，并不是什么失礼丢人的事情。"他慢慢地摇着折扇，"男人能够全身心地爱上一个女人，是件风流事，更是件好事，正因为是好事，大家才热衷于拿风流事说长道短。"

一入夜，前院挂在木廊台屋檐下的一排白纸灯笼就点亮了，灯光把庭园照得水亮亮一片。天气变暖以后，庭园里摆着一个矮腿竹架，竹架上面铺着三铺花纹席，无论是有访客，还是香夫人独处，总是摆放着茶台、伽耶琴和一个三只腿的铜香炉，香炉里面点着驱蚊的桧木香片。

夏至那天，香榭来了一个气派不凡的客人。仆人们说他举止非常优雅，还说他为了安顿随从，把南原府最大的客栈整个包下来了。香夫人通过银吉传话过来，客人留在香榭期间，不许我们擅自活动。

"这是说给我听的。"银吉离开书房后，金洙思忖着跟我说，"香夫人怕客人见到我。"

我没说话。我的脑子里突然浮现出小单胸前那两朵美丽的花朵。我们同样年纪，她已经风姿绰约了，我却还瘦得像一把琴。

"——或者,香夫人是不想让我见到她的客人?"金洙的眼睛像灯笼那样点亮了,"倘若是这样,那是不是说明,香夫人很在意我——"

"香夫人对你的在意,就像她对我、对小单一样。"

"怎么可能一样?"金洙有些不高兴,"我是男人啊。"

"自从迷上香夫人,你变得一天比一天愚蠢了。"

"你说我愚蠢?"金洙像被人敲了一棒子,涨红了脸,"谁告诉你我迷上了香夫人?"

"你去照照镜子,金洙,连镜子都会告诉你,你对香夫人鬼迷心窍了。"

"我没对她着迷。"金洙说,"是她喜欢喝我沏的茶,我只是担心她这几天喝不到可口的茶罢了。"

"没有客人时她才喝茶,有客人时她喝酒。我昨天刚刚给他们用蜂蜜和薄荷汁调好了几坛流花米酒。"

"茶和酒怎么能相提并论呢?"金洙生气地瞪了我一眼。

"是不能相提并论。"

金洙的眼圈儿红了,眼泪圆溜溜地从眼眶里滚出来。

"讨厌,你真让人讨厌。"他浑身颤抖,站起身走出书房。

过了一会儿,我从书房里出来,站在木廊台上。不远处,凤周先生双手抱着酒壶坐着,他的身上散发着浓烈的酒香,离很远就能闻到。两年前他的头发就全白了,帽子也经常忘了戴,除了酒壶,他对什么都丢三落四的。

我走过去坐在他身边。

院子里新搭起几个木架子,它们的形状如同一个人张开的手臂,上面搭着两匹刚浆好的细夏布。

凤周先生斜睨了我一眼:"你不去药房配药吗?"

"没有人生病,配药做什么?"

"金洙生病了啊,病得不轻呢。"凤周先生哧哧地笑了,有几星唾沫顺着他牙齿间的空隙飞了出去。

搭在架子上面的两匹细夏布波浪白展展的,犹如两个又长又大的袖子突兀地飘浮着,忽而把我很紧地搂进怀里,又突然地把我推到很遥远的地方。慢慢地,它们在一个我的眼睛所不能看见的地方合拢为一处,变短变细,把我的心缠绕成一个类似粽子的东西。

"我不会治相思病。"

"相思病不是药能治得了的,得用这个。"凤周先生举起酒壶,在我眼前晃了晃,摇头摆脑地吟道,"何以解忧?唯有杜康。"

晚饭时我在餐室里没见到金洙,小单捧捧打打的,冷言冷语地说:"凤周先生不吃饭,春香小姐不吃饭,现在,金洙也不吃饭了,大家都预备着要做神仙了。"

我去花园里找金洙。他独自坐在槭树下面,把头夹在两条手臂之间,身子一耸一耸的。他的心泡在泪水里,变咸了,像那些千里迢迢赶来香榭,想见香夫人的少年一样,他们身上散发着忧伤的气息。

半夜里我带着酒壶到金洙的房里去。

金洙躺在榻上,白色的褥铺仿佛是一块雪地浮在青色的月光中,他听见拉门的声音立刻坐了起来。

"是我。"我走到他身边,在褥铺上坐下来。

"你怎么不睡觉?"

"你不也没睡吗?"我把酒壶递给金洙,"喝酒吧。"

"你想干吗?"

"何以解忧? 唯有杜康。"我笑着说道,把酒壶盖子打开,喝了一口酒,一个小火团欢跳着冲进我的肺腑里去了,口腔里只剩下薄荷的清凉和蜂蜜的甜香。

"——很好喝啊! 难怪凤周先生整日抱着酒壶。"

金洙看着我。

"喝不喝?"我把酒壶递给他,他不动,我又喝了一口。

"春香——"金洙从我的手里拿过酒壶,"你这么喝会醉的。"

"不会的,"我伸手去抢酒壶,"你不喝就还给我——"

金洙把我的胳膊推开,仰头喝了一口酒。

"——怎么样?"

"嗯——"他点点头。脸上露出奇怪的笑容,"味道很难形容,和平时闻起来不大一样。"

"当然了。"

我把酒壶抢过来,喝了一口,递给金洙,他接过来喝了一口。我们你来我往地喝了半天,金洙忽然盯住了我的脸。

"你怎么了? 春香?"金洙笑嘻嘻地问我,"你的酒从嘴里喝进去,怎么从眼睛里流出来了?"

我也嘻嘻笑。

"不要哭啊,春香。"金洙凑近到我身前来,用舌头把我的眼泪舔走,可它像春天的雨似的,一旦下起来就停不住。最后,金洙把我搂进了怀里,使劲儿地亲着我的脸。

我每天夜里都带着酒去找金洙,我们躺在被子里喝酒,流泪。我流泪的时候,金洙就亲吻我。就好像我对流泪着了迷一样,他对亲吻我也着了迷。

"你的皮肤像纸一样,让人想在上面写诗。"

"你身上的香味是迷魂药。"

"你的身子比花园还要引人入胜。"

金洙整夜整夜地抚摸着我,整夜整夜地喃喃低语。我喜欢他的抚摸,也喜欢他的低语。我希望要么就这样活下去,要么就这样突然地死去。

一天夜里,有人掀开了被子,灯光乍现时,晃得我闭上了眼睛,过了一会儿才睁开。

小单提着灯笼,举在我和金洙的脸上。在她的身后,站着香夫人和银吉。

"春香啊!"银吉跺了跺脚,叫起来,"你怎么——"

香夫人站在黑暗里,她的目光如同新雪上面的霜气。

"不是我,是春香。"金洙跳起来,拉住了香夫人的手,跪在她的身前,"是春香来找我的,我们只是喝酒——"

香夫人轻轻地用袖子在他的手上拂了一下。

"金洙,我在前面客室里等你。"她说完就走了。

银吉和小单也跟着她走了。

我和金洙对坐着,一言不发。香夫人的气味还留在房间里,如同她经常教导我的那样,女人的气息是一座花园。眼下,我和金洙在她的花园里迷了路,不知该何去何从。

"——我走了。"金洙起身。

我抓住了他的手:"你不要去。"

"她——香夫人在等我。"

"你哪儿也不去,就待在这里。"

即使在黑暗中,我也能看清楚,金洙面如死灰,我把手贴在他的脸颊上,我手心下面的皮肤一跳一跳的。

"倘若谁要对你不好,我就——先死给她们看!"

尽管我这么说了,金洙还是决定到前院去见香夫人。临走时,他站在木廊台上冲我笑了一下。

"我早就料到会有这一天的。"金洙咧嘴的时候,把整张脸孔都撕裂了。

我的心空得厉害。我从木廊台屋檐下摘了一个灯笼,打着它走进厨房,厨房里静悄悄的,灶台凉冰冰的,我在橱柜里四处翻动,把白天剩下的一大碗米饭拿出来,坐在锅台上吃掉了,然后我又找到两块申皮饼、一碟泡菜,还有半碗酱汤,我把它们全都吃了。可我还觉得饿,我一辈子没这么饿过。

我听见有脚步声传过来。

"你们做了什么好事?"银吉来到厨房里。

我肚子冰冰凉,疼起来了。

"说啊!"银吉冲我叫。

我抬头看着她。

"你们是不是已经——"银吉咬了舌头似的说不下去,"这样的年纪睡在一起,就像两颗火星掉进了稻草里——"

我捂着肚子,低头撩开裙子,血顺着我的大腿根儿流下来,弄脏了衬裙。

"怎么了? 怎么有血?"银吉扑了过来。

"你到底做了什么?!"

我什么也没做。我一直在等待着这一天。每个女子的身体里都有一朵花,到了一定年纪时花朵会变成果实,果实会成熟,熟透了又会碎裂开来。在我的身体里面,有一颗熟透的果实刚刚爆裂了。

我终于变成女人了,但金洙在这一天里离我而去。

我回到房间里睡觉,香夫人来看我。

"我听银吉说了。恭喜你长大成人,春香。"

她穿着白色的夏布衣裙,站在如水般倾泻而下的月光中,像神仙下凡。

"金洙呢?"

"金洙君已经十六岁了,翅膀硬了,到了该飞走的时候了。"香夫人叹了口气,她撩起裙摆坐下时,姿态就像一朵百合花缓缓地开放。

"香榭不是男人待的地方。"

"凤周先生也是男人啊。"

"凤周先生是个酒鬼。"

我看着香夫人。

"你现在是大人了,我们可以直言不讳了,不是吗?"香夫人微微一笑,"记住我的话,春香,俗语说,男人是女人的天,但这个天,是阴晴不定的。越是指望着好天气,可能越会刮风下雨。女人想过上好日子,只能靠自己。"

"可什么是好日子呢?你自称是香夫人,让我们每个人,甚至我和银吉也这么称呼你,你过的日子是好的吗?"

"和嫁一个酒鬼丈夫，或者在贵族人家当小妾比起来，香榭里的生活算是好的，它至少能遮风挡雨，不用看人家脸色，低声下气。"

"可是我不觉得这是好日子——"我哽咽起来，这一切倘若没有金洙跟我在一起分享，它算得了什么？

"春香有别的想法也是自然的。"香夫人沉默了一会儿，说道，"那么，好好想一想，什么样的人生是你想要的。越早想通这个道理，你就可以越早开始你的锦绣人生。"

从那天起，没有人再提起过金洙。他的房间空空荡荡，要不是残留的茶香，我几乎会怀疑，跟我们过了十年日子的金洙不是真人，而是一个影子，或者是我想象出来的人。

只有小单例外。她说金洙那天从我房间里被带走，身体被捆上石头扔进了秀水河里，他被人从河里拉上来时，变成了豆腐渣做的巨人，他的头比磨盘还要大，皮肤表面长满了绿色的苔藓。

凤周先生

"风凉了。"

"树叶黄了。"

"中秋节过去快一个月了。"

我和凤周先生坐在木廊台上,披着周衣,坐在厚厚的坐垫上,他抱着酒壶,我抱着自己的膝盖。我们一起望着花园。玫瑰早都凋谢了,园子里的衰草看上去和凤周先生的头发差不多。

"春香,除了陪着一个老醉鬼外,你没有别的事情好做吗?"

"——没有啊。"

"你是了不起的药师,但是,药师有时也治不了自己的病。"

"我没有病。"

"你很寂寞。"

"寂寞不是病。"

"你这么认为?"凤周先生喝了一口酒,"对我来说,寂寞是世间最可怕的事情。寂寞就像一条恶狗,我这一辈子都是被这条恶狗追着度过的。"

凤周先生脸色暗淡,皱纹刀刻似的。他最近几个月都没洗澡,身上的味道跟酒气夹杂在一起,香榭里人人闻了都要皱眉,小单更是做出一副要晕倒的样子,但我却不觉得讨厌。

"昨天夜里我梦见一个美人儿,"凤周先生喝了一口酒,笑容也仿佛醉了酒,"她穿着轻纱衣裳,肌肤比白玉还要莹润光洁。我觉得她很亲切,可一时认不出她是谁了。"

"是香夫人吧?"

"不,是我妻子。"凤周先生说,"她死了四十年了,一时认不出也不能怪我。"

"她在你梦里干什么?"

"她给我出了一个谜语。"

"什么谜语?"

凤周先生刚要开口,就被一阵喧哗声打断了,银吉沿着木廊台奔过来,这几年她发福了,步子也变沉了,一路奔过来仿佛一串雷声炸响。

"春香啊,春香——"

在香榭的外面,有棵香樟树。十五年前它很侥幸地躲过了翰林按察副使大人建立香榭时的砍伐,它跟其他的几十棵树形成了一个小树林,紧挨着香榭的玫瑰花丛。

有个迷恋香夫人的少年,在香樟树上建了个鸟巢似的东西,他在树上待了好几天了,这一天,不小心从树上摔了下来。

"老辈人说,吃多少顿饭就能见识多少种人,这话真是不假。竟然还有这样的蠢货,为了偷看女人,住到树上去了。"

银吉把我带过去,让我给他看看腿伤要不要紧。

我在客房里看到了那个想变成鸟的少年,他昏迷着,脸色和草灰差不多。我捏了捏他的腿。

"他的骨头摔折了,"我抬头对银吉说,"我只能帮他止痛,接骨得另外找人。"

"依我看他倒是该把脑筋接接,"银吉扫了一眼少年,"至于骨头嘛,就那么拐着算了。"

她边说边出去找人。

我在药房里配药,小单从前面过来,经过药房时伸头往里面看了一眼。

"那个家伙是故意的。"

"什么?"

"他是故意从树上摔下来的。"小单笑了,"这样才能见到香夫人,不是吗?"

我带着止痛药回到客房,那个来自树上的人已经醒了。他的腿动不了,但眼睛一刻不停地围着我转。

"你是我所见过的最美的女子。"他轻声对我说。

"真的吗?"我把药放到他身边,"从来没有人这么对我说过。"

"怎么会呢?"他笑了,"没有人不知道你。街头上的话题有一半是和你有关的。"

"我不是你想见的那个人。"这话在我的舌尖上翻了几个来回,但终于没说出口。我望着眼前这张陌生的脸,他和金洙没有一点儿相像之处,五官长相有些粗俗,但是仍然让我感到十分亲近。

"——你想摸摸我吗?"

他的耳朵朝我偏过来:"您,说什么?"

我拿起他的手放到了我的胸前:"你想不想摸摸我?"

"当——然——"他结结巴巴地说,他的手一动不动,呼吸变得急促了,目光发直。

我转回头,香夫人站在门口。

香夫人忧心忡忡地望着我,我经过她的身边出门时,两条绸裙的摩擦声窸窣作响。

当然了,这个少年被盘瑟俚艺人和异闻传记书生编进故事里去了,他在故事里面有个新名字——鸟。他被描述成了一个喜剧人物,盘瑟俚艺人说唱到他时,不时地学着鸟鸣的啁啾声,而异闻传记则大肆宣扬他在树上向下窥视香榭所看到的情景,他的目光甚至能穿透拉门和屏风,看见香夫人沐浴时的情景。

凤周先生临死前的三天,他身上的气味开始发生变化,当时我并不能确定那是什么,我第一次从人身上闻到深层泥土的气味,有些潮湿,有些苦涩,还有些酸凉。

一天下午,我感觉到有一股阴冷的风吹进了香榭,风打着旋儿,在花园里转悠了一会儿,飘进凤周先生的房内,再打着旋儿出去的时候,风显然变沉了。

我在药房里研究药方,银吉进去拿东西时,在我身边站了一会儿。

“脸色怎么这么难看?”她伸手摸了摸我的额头,“你不舒服吗?”

我抬眼望着银吉:“凤周先生死了。”

“大白天说胡话,上午他还精神着呢,破天荒地没喝酒,跟我要热水说要洗澡——”

“他死了。”我把手里的书打开,遮挡住脸,不想再多讲一个字。

银吉从药房里跑出去。

凤周先生躺在褥子上面,穿着自己的衣服,虽然旧,却洗得干干净净的,两手交叉放在肚子上面,失去了体温的身体正在变硬。他的身边放着他带进香榭来的东西,一样样摆得整整齐齐的。

"死得这么清爽，"银吉抹起了眼泪，"到底是体面人哪。"

"不用给凤周先生洗澡换衣服了，他这个样子咽气，肯定是不想让人碰他。"闻讯赶来的香夫人在门口站了一会儿，嘱咐银吉。

"总得遮遮光吧。"银吉让仆人用一整匹白布把凤周先生裹了起来。

当天夜里，花园里点满了白蜡烛，香榭里的人，包括香夫人在内，全都聚集到后花园里为凤周先生守灵。女人们一起动手，用白纸为凤周先生叠银锭，她们说起了好几年前，也曾经有过那么一个夜晚，全香榭的人都坐在木廊台上，看着凤周先生喝了我配的汤药后，在茅厕和房间之间疲于奔命的情形。

纸银锭堆成了一座小山。银吉让车夫到集市上买了个炭火盆，女人们一边嘟嘟哝哝地跟凤周先生的灵魂说话，一边把纸银锭放到炭火盆里面烧。我用棉被包着自己，坐在木廊台上看着她们忙活，迷迷糊糊地睡了过去。

醒来后我发现自己睡在房里，我走到木廊台上往花园里看，那里仿佛刚变完了一场戏法，凤周先生的尸体、炭火盆、白蜡烛、香炉香片，甚至那些银锭烧成的灰，都像被风刮走了似的，消失得干干净净。两个园丁在花园里的空地上烧干艾草，一个在厨房里干活儿的妇人用瓢盛了白酒往地上洒。

香榭里飘逸着浓烈的酒香味儿。凤周先生每次拍开酒坛的泥封,闻到飘出来的酒香味儿,总会眯起眼睛说上一句:"这味道能把我送上天去。"

现在,凤周先生在天上,隔着那么远的距离,我不知道他会不会因为闻不到酒香味儿而着急。

凤周先生过世后,我一直在研究一种名叫"五色"的药水,它是一种能让人把过去遗忘掉的药物。我是从外公撰写的药谱里找到这剂药方的。外公自己对于这个药方也有些不能确定,但从理论上讲,他写道:"这药具有能让人变得无忧无虑的力量。"

香夫人跟我商量,决定不再另外找先生教我读书了。

"你学的东西已经不少了,其他的,需要你自己从生活中领悟。"她的目光落到我手上,"这是什么?"

"外公的药方。"

"你外公扔下我们归隐山林,"香夫人对药方没什么兴趣,"就是为了领悟。"

"也许是外公领悟到了什么,"我说,"所以他才归隐山林。"

香夫人愣了愣,笑了:"也许你说得对。"

几年的时间过去,"五色"变成了我的伙伴,我在发现它、寻找它的过程中,打发掉了许多寂寞的时光。有些时候,比如某个阳光明媚的下午,除了蝉鸣,周围一片静默,药房门口的菖蒲花正在盛开,红花绿叶映照出的

强烈色差,让我的视线变得恍惚,而我手上握着的药书
中记录的所有药材,都从文字中发出鲜活的气息——

这时,闭上眼睛,我就会意识到外公的存在。他轻飘
飘的身影在堆在墙角的药草之中、书架前面,甚至墙壁
里面来回穿梭,什么也阻碍不了他的行动。这个能看出
草木灵性的男人,一生中最想治疗的,是他自己与生俱
来的狂野性情。他渴望拥有一个宁静的世界。

在我长大成人的过程中,因为有了外公无形的陪伴,
我渐渐变成了一个性情沉静的女子。

是的,性情沉静。他们就是这么说我的。

但每个月总有那么几天,我烦躁得要命。好像一只
飞虫陷进了灯光的陷阱后,在灯笼里面惊惶不安地四处
乱转。我身体里面的红色浆果不断地成熟,它们碎裂开
来,变成碎片儿流出我的身体。

下

篇

银 吉

我十八岁时,香夫人请南原府最好的鞋匠花了两个月的时间,精心为我雕刻了两双鞋底:

一双是软木的,刻成了脚板的形状,厚度从鞋尖到鞋底逐渐加高,在足弓处形成了一道优美的弧线,鞋底的两侧嵌满了玫瑰花,活生生的,人仿佛能从那些木头花朵中闻到香气。

另一双鞋底是象牙的。象牙是一个中国商人从很远的地方带来送给香夫人的。银吉对我说,象是一种大得没边没沿的动物,因为太大,最值钱的东西反而是身上最小的牙齿。可就是这最小的牙齿也有平常摇船的橹那么长。

我并不看重象牙的贵重,倒是鞋匠留在动物牙齿上的手艺让我爱不释手。他用象牙给我雕了一双喜鹊鞋底,鸟尾在鞋后跟处合拢,鸟头从鞋尖上翘起来,似乎会说话的样子。

"给十八岁的姑娘送礼物,没有什么能比鞋更合适的了，"银吉感慨万千，"天底下的鞋，都是成双成对的。"

银吉曾经是南原府最优秀的绣工之一，因为眼花，已经有好几年不动针线了，这次她却坚持要亲自为我绣鞋面。她用软木鞋底给我做了拖鞋，勾脚的缎子是粉红色的，上面叠迭着绣了好几十朵同样颜色的玫瑰。象牙鞋底她选了水青色的缎子，在上面用黑白丝线绣出喜鹊的图案。

"一想起这双鞋将来要穿到别人家里去，还得搭上一个从小养大的孩子，"银吉坐在药房侧门的门槛上，绣鞋时不停地唉声叹气，"真不是滋味儿啊。"

"我在香榭待得好好儿的，"我说，"干吗去别人家里？"

"女大当嫁，"银吉瞪了我一眼，"这道理还用我讲？"

"香夫人也没嫁啊。"

"她是她，你是你。"银吉忧心忡忡地看着我，"你可不要过她这样的日子。这种生活就像乌鸡，毛儿倒是比雪还白，但黑到骨头里面去了。"

银吉已经不是第一次这样吞吞吐吐，话里有话了。

"香榭里有什么我不知道的事情吗？"我问，"告诉我啊。"

"你问的是些什么傻问题啊？"银吉转开了目光，"香榭里的一草一木不都在你自己的眼皮子底下吗？你可不像我这样老眼昏花。"

我没说话。

"春香啊，"银吉拉住我的手，"你一定要嫁个如意郎君，一定要过幸福的生活。那样的话，我死了，都会在地底下笑的。"

我小的时候，有一段时间天天追着银吉叫妈妈，叫得她有时候笑得合不拢嘴，有时候眼泪汪汪。

银吉是金池人，那个地方离南原府不远。她家里是开绣坊的，虽然不是什么贵族大户，但比起一般人家来，过日子倒也不缺吃少穿。

银吉是家里五个孩子里面最小的一个，生下来就发现皮肤有病，是她母亲发了善心，抗拒了银吉父亲把银吉扔到河边的命令，她才捡回一条命。

家里的好事情先尽着三个男孩子，其次是她漂亮乖巧的姐姐，到了她这里，无非是吃剩的饭菜和穿旧的衣服。不过银吉天生手巧，她的针线活儿远近闻名。也正因此，她虽然相貌平凡，长成大姑娘以后，也有几户人家登门求亲。

银吉不想嫁人，她的皮肤病长在无法示人的部位，没办法找人医治，一结了婚，纸就包不住火了。

但她父亲执意要她嫁人。

"女大不中留，留来留去留成仇啊。"

她跟母亲商议再三，在求亲的人中挑选了一个家境一般的人家。那个人住在与南原府相隔几十里地的地方。

银吉的父母要脸面，知道自己女儿有短处，格外巴结亲家。银吉的嫁妆很丰厚，满满登登装了一大车，风风光光地把她送走了。

银吉嫁的男人长得不怎么样，在学堂读过几年书，参加过科考，很把自己当成个人物。他在婚礼上见了银吉的长相，先就十二分不高兴，骂东骂西，好像这场婚姻不是他父亲去求的，倒像是他被骗了婚。夜里上床时，他发现银吉的难言之症，气得跳脚。

他把银吉拉起来，把她全家上下骂了个狗血淋头。

"鸡毛充令箭，"他把银吉拉到了尚未结束的婚礼宴席上，在亲戚朋友面前，扯烂了银吉小衫的一只袖子，他让在场的人看清楚银吉胳膊上的癣斑，强调说，这只是从她胸口上蔓延出来的一小块。

"摸着这样的东西，谁能不做噩梦?!"

"他还说他做噩梦?! 那个男人讲这话时挺胸抬头的，可能这是他一辈子当中最神气的时刻了——"银吉有些哽咽，摆摆手，"不说了不说了，这些陈年旧事只会让人心里堵得慌。"

"说嘛说嘛——"我拉着银吉。

"——那个男人打发我走，"银吉抬高声音，"'虽说是她娘家有钱,但我是个有志气的人,不能为钱娶一个烂货。'他站在门口,恨不得让全天下的人都听见他的话。"

但这个"有志气的"却留下了银吉的一车嫁妆——"总要有点儿安慰吧。"

银吉没跟他争辩,独自离开了。

银吉从来没走过那么远的路,简直像《阿里郎》里唱的那样,走过一个山岗又一个山岗,脚疼难当,但脚疼远不及心痛。

"我不能回家。"银吉说,"我的一只袖子没了,头发和妆容乱得一团糟,做了一天的新娘,人还是清白的,但谁会相信呢?我不是刚生下来就被父亲吩咐让扔到河边的吗?我已经多活了十八年了。

"我在秀水河边儿上转悠,想死,又怕水太凉。你外公在河边采蒿,遇见了我。他看见我露在外面的胳膊,说他能治好我的病。对我来说,你外公压根儿就不是这世间的人,他是神仙下凡,专门为了解救我这个可怜人而来的。"

银吉跟着药师李奎景回到这里。药师女儿的个头那时候还没到她的腰呢,但已经有了大小姐般的端庄仪态。

银吉的病治好后,她留了下来。药师父女很需要一个女人料理家务。偶尔,药师在酒醉或者寂寞的夜晚,会去她的房间过夜。

"几十年的光景啊,真是比一阵风刮得还要快啊。"

"你们家里的人后来没找过你吗?"

"怎么会找我呢?嫁出门的女儿,泼出门的水。我在婆家受到的羞辱他们也听说了,恨我丢了他们的脸面,明知道我在药师家里也装作不知道,对人说我投河死了。"

我和小单

端午节,也就是我十八岁生日的那天,我带着小单出现在南原府的谷场上。我们这次出行是香榭里的一件大事儿。银吉特意为我定做了一顶宽檐草帽,帽檐四周垂下来三层白纱,即使有风吹过来,也能把我的脸孔遮挡得密密实实的。

小单把头发梳得光溜溜的,阳光在上面滑得站不住脚。她按我教她的法子,昨夜睡觉前把搅拌了玫瑰露的蜂蜜涂抹在嘴唇上,再用干花瓣压住。今天一早,她的嘴唇看上去比一朵新开的花朵还要娇艳、柔软,说话时,话语间还能隐隐地流露出香艳之气。为了保持住这种妖艳,小单连早饭都没吃。她的新裙子是自己做的,小衫长长的衣带上面,也是她自己绣的花儿。最近几年,她一直偷偷学习香夫人走路的仪态,不过,在香夫人身上看起来自然而然的举止,到了小单身上,变成了装模作样。

"看看她们两个,比刚开的玫瑰花还招人怜爱,"厨娘说，"我打赌谷场上的男人们会为她们发疯的。"

"小单，你的腰不要扭得那么厉害，"银吉训斥说，"看上去像花阁里出来的女人。"

女人们笑起来。

"您是老眼昏花了吧？"小单涨红了脸，但还努力保持着风度，"我根本就没扭腰。"

"好好照顾春香啊。"银吉送我们到门口，上车时，她嘱咐小单。

"春香小姐戴着盔甲呢。"小单嘟囔了一声。

"您可别乱跑啊，要踩着我的影子跟住我。"小单对我说，"外面的人可不比香榭，谁对您都毕恭毕敬的，他们像野兽一样粗野。"

香榭的马车太惹眼了，为了避免麻烦，马车在离谷场还有一段路的树林里停了下来，我和小单得自己走完剩下的路程。

谷场上沸沸扬扬的，人山人海，各种声音和气息把我们裹挟其中。有一个男人醉醺醺的歌声时远时近，断断续续地从人群中飘荡出来：

> 好比是锄头好，刃儿薄
> 怎无奈割稻麦，仍须用镰刀
> 邻家的女儿，花朵样好，杨柳般娇

哥哥没有财礼钱,她不肯上花轿。

歌被他唱得曲里拐弯的,把我们逗笑了。

我们刚融入谷场里的人群,就被一些小孩子跟上了,他们对我的帽子很好奇,在我身旁转来转去,踮着脚尖儿蹦跳着,想把我的帽子掀掉。

小单则被一些男人盯上了,他们的目光翩翩飞舞,围着小单的脸孔打转。

还有男人索性凑到近前,跟小单搭起话来了。

"你叫什么名字呀?"

"你是哪家的小姐呀?"

"你定了亲没有?"一个书生模样的男人问小单,她不回答,他就自己回答道,"你如此美貌,一定是名花有主了。"

小单的脸娇艳极了,她勾着头走路,不理会男人们的问题,又好像每一个问题都飞进她耳朵里头去了。

也有人注意到我:"你领着的这个人是你的姐妹吗?"

那个书生是个轻佻的家伙,用折扇来掀我的面纱,小单把他的手打开了。

"她的脸烫伤了,"小单说,"是怕吓坏小孩子才遮起来的。"

"这样啊。"他讪讪地收了手。后来他被一个穿黄裙子的女子吸引，跑到她身边去了。

小单假装对他的离去毫不在意。她也确实犯不上生气，因为又有好几个男人过来讨好她了。

我们在跳"江江水月来"舞的地方停了下来。出门前，仆人们对我们讲过这个舞蹈，说这是专门为未婚的青年男女准备的，每年的端午节，"江江水月来"都会跳出好几桩亲事。

"瞧她们那黑红黑红的脸色，家里纺出来的粗布做的裙子，还有手，倘若我的手也像她们那样又粗又硬的话，是绝对不会从袖子里伸出来的——"小单对跳舞的女子们评头论足。

我倒不觉得那些女子丑，她们看上去喜气洋洋的，脸蛋儿像红苹果，要多可爱就有多可爱。

"广寒楼那边风景很漂亮，"刚才搭过话的书生又蹭到我们身边，他对小单说，"我带你去看，好不好？"

"你还是带着别人去吧。"小单骄傲地说。

"我刚才转了一圈儿，"书生说，"我发现你是谷场上最俊俏的女子。"

"我不想去广寒楼。"小单仍旧板着脸，她忽然使劲地拉了我一把，指着远处说，"看那儿——"

我扭过头去，在花丛树影中间，有几架秋千在起落着飞动，荡秋千的女子身上的裙子被风涨得满满登登的，好像是把形状怪异的灯笼穿上了身。

小单拉着我进了树林,几架秋千架在林中空地上。

我们过去时,正好有一个女子随着秋千缓缓地降落。"我的腿抽筋儿了。"她冲同伴喊道。

"都跟你说了不能瞎蹬腿。"一个女子走上前去,把她从秋千上扶下来。

小单过去把住秋千的绳索,回身招呼我:"坐上来吧。"

"我?!"

"当然了。"小单瞪着我看,"我们出来一趟,什么也不做就回去,会招那些老女人笑话的。"

"——那我推你。"

"您推我?"小单似乎听到很好笑的事情,"您是小姐,怎么能推我呢? 我又怎么会让您推呢?"

"可是——"

小单把我拉过来,摁到秋千上面。

"来吧,春香小姐,"小单笑容满面地说道,她的眼神里面有一种狂野的光亮,"我要把您变成一只鸟,就像您脚上的那双鞋一样——"

话音未落,她已经动起手来。

小单推得很用力,几个来回,我已经荡到了半空中。

有几个男人朝我们这边走过来,对着小单指指点点,交头接耳地说话。也有人盯着我看,对我的帽子很有兴趣似的。

风变得大了起来,钻进了我的裙子里,把它变成一把伞,它一会儿张开,一会儿闭合。我的身子从树丛中渐渐飞到高处,几个起落,就能看到整个树冠了,再几个起落,我能隔着树冠看见跳"江江水月来"舞的那些人。那些忽大忽小忽远忽近的身影让我头发晕、脚发软。荡到低处时,我想对小单说,不要再推了,但风堵住了我的嘴。

秋千越荡越高,原来围着小单说话的男人们现在全都仰起了头,宛若追寻太阳的葵花随着我的起落转来转去,从他们口中发出的声音被我脚下的风撕扯得破碎不堪。小单脸上带着微笑,伸展着手臂准备着,每当秋千像小船一样靠向她,她就使劲儿把它推走。

很快地,我什么也看不到了,我觉得手中的力量在风中一点点地消失,裙子里面风的力量却变得越来越强硬,我真的要像鸟那样飞到空中去了——

突然间,风摘走了我的帽子,它先是飘上了天,然后打着旋儿,从小单的眼前飘过,落到不远处的地上。小单终于不再推秋千了,她气喘吁吁地站着,看着我在她身边荡来荡去,人群发出的惊呼声也退潮似的渐渐离我远去。

我头晕目眩,思绪还在来回摇摆着,耳边仿佛有一曲乱弹的琴曲在嗡嗡作响。我和小单互相注视着,仿佛我们从来不认识对方,仿佛我们朝夕相处的那些岁月是发生在别人身上的。

我早就猜出她恨我,但直到现在,我才知道她恨我到了什么份儿上。

小单先调转开了目光,她推开了身后的几个人,朝一棵香樟树走去,而我,我发觉自己跌落在众人的目光交织而成的网中。当小单带着我的帽子回来时,脸上笑盈盈的。

"您可出了大风头了,"她低声在我的耳边说,"所有的人都盯着您看。"

她想把沾了土的帽子再戴到我的头上,我推开了她的胳膊。

我们的周围安静异常,倘若愿意,我们甚至可以听到蜜蜂蝴蝶飞舞时拍打翅膀的声音。那些人看着我的眼神,就如同见到了他们在端午节里想尽办法要躲避开的妖魔鬼怪。

"请让一让——"小单拉着我往外面走。

周围铁桶似的沉默也随之打破了,他们动弹起来,喘息声、话语声犹如地上的草,飞快地向上生长,越来越密集。

"她是谁呀?"

"是香夫人——"

"说话不用脑子吗?这位可是梳着辫子的——"

"美成这样子,不是香夫人又能是哪一个——"

"是刚从天上飞下来的仙女——"有人开玩笑说。

"我叫春香。"我站住了,转回身对他们说,"香夫人家里的春香小姐。"

在他们还没有回过神来的时候,小单拉住我的手,飞快地跑了起来。

我们沿着来时的官道往回走。太阳白花花地照在路上,路面上的灰尘轻烟般地细细流动。路边的桃树正在花期,一树一树,锦衣华服,灿若霞光。

我无心赏花,只希望能早点找到香榭的马车。

"您干吗要那么说?"小单忽然问道。

"什么?"

"'香夫人家的春香小姐。'"小单学着我的语气重复完这一句,似乎是漫不经心地笑了笑,"听起来,好像您有心在卖弄。"

"是吗?"

"您是香榭的小姐,言谈举止得有个小姐的样子。刚才围了那么多人,您说话也不留点儿神,万一碰上了坏人,对我们做出什么轻薄举动——"小单叹了口气,"回家后我可怎么对香夫人交代呀?您就算是掉根毛,银吉都会捡起来当令箭呢。"

我不想说话,我懒得跟她说话。

"您说您是香夫人家的春香小姐，"过了一会儿，小单又说，"这样一来，香夫人的年纪可是纸里包不住火了。"

"——"

"也许，那些客人们，会因为这个不再登门了呢。"

"良禽择木而栖，"我凝视着小单的眼睛，"香夫人注定要门前冷落，你趁早先给自己想想退路吧。"

"您这是什么话？"

我笑了："知心话啊。"

这时，传来了一阵马蹄声，路面上的浮尘翻卷着，把一股呛人的味道提前吹送过来，人和马，以及他们在官道上形成的阴影飞快地朝我们接近，我和小单朝路边的一所旧庙躲去，我的一只鞋慢了一步，留在了大路中间。

一匹枣红色的马犹如一个烧着的火球从官道上、从我们藏身的旧庙前面飞奔过去，一个白衣少年用力勒着缰绳，马长长地嘶叫了一声，又转身折了回来。少年先是在马上低头盯着鞋看，然后跳下来，把鞋捡起来，拿在手上翻来覆去地又瞧了半天。

"请问，这是哪位小姐掉的鞋啊？"年轻男人扬着手里的鞋，朝我和小单藏身的旧庙喊道。

我的心咯噔一声，他嘴角向上翘起、眼睛眯起来的模样儿，简直像从金洙脸上印下来的。

小单低声嘟哝："您怎么那么不小心啊？"

"出来吧，我瞧见你们躲进去了。"

"哎呀，这可怎么办？"小单扭头看我。

我不知道，倒想看看他想怎么办。

"倘若你们再不出来，我可就要——"他做了一个要把鞋塞进怀里的动作。

"您看他——"小单拉了我一下。

"他喜欢就拿走好了，不就是一只鞋么。"

"您这个人——"小单瞪着我，"怎么能随随便便地把女儿家的东西留在男人的手里呢？"

我不理她。

"怎么办呢？"少年打量着手里的鞋，仿佛那是一只活物，"你的主人不想要你了，干脆你跟我回家去，我把你装进笼子里吊在窗前好了。"

"春香小姐——"小单跺了跺脚。

"——"

"请等一下。"

少年假装要上马离开，见小单出来，他放下手里的缰绳，笑了。

小单半低着头，步子迈得袅袅婷婷的。

"请把鞋还给我。"小单对着少年伸出手臂的模样儿不像是跟他要东西，倒像是要把自己送给他似的。

少年不说话，围着小单转圈儿，绕到小单身后时，突然俯下身子用手里的折扇掀开了她的裙子，小单尖叫了一声,两只脚好像踩到了跷跷板上,整个人都弹了起来。

"你的鞋明明穿在你的脚上嘛。"少年嬉皮笑脸地说,"冒领别人的东西是要受罚的,你不知道吗?"

小单朝我这边看了一眼。

"我不过想把鞋还给它的主人罢了,"少年也跟着小单把脸转向我这边,他的笑容像调弦的手在我的心上拧了一圈儿又一圈儿,"我不是老虎,不会把伸出来取鞋的手臂咬断的。"

我从庙里走了出来,他打量着我,笑容像泼在阳光下的水慢慢地消失了形迹。

我对着他伸出脚:"是我的鞋。"

"能问问你的名字吗?"他温文尔雅地说。

小单板起脸走到我的身前,挡住我:"请公子把鞋还给我们。"

"你不告诉我你叫什么,"他把鞋收回去,双臂交叠抱在怀里,偏着头笑着冲我说道,"我就不把鞋还给你。"

"那你留下好了。"我低头把另一只鞋从脚上脱下来拿在手上,赤足往前走去。

"小姐——"小单在后面叫了一声,我走出去一段路后,她才从后面追上来,"鞋还留在他的手上,您怎么说走就走啊?"

"光着脚,"少年的笑声在后面响起来,"我倒要看看你能走多远?!"

转个弯,香榭的马车等在路上。

"不能就这样算了——"小单说。

"上车。"我对小单说,"要不你就留下来和那个人待在一起。"

小单扭头看了看,上了车。

车厢里光线黯淡,小单气鼓鼓地盯着我只套着白布袜的双脚。我的心跳声被车轮一声声碾碎,洒在官道上,变成了金色阳光的碎片。

李梦龙

半夜里银吉来房间找我时,我还没有睡着。

虽然困倦感如同白天坐的秋千一波未平一波又起地把我朝梦乡推送,但我在官道上遇到的少年,挡住了我通往梦乡的道路。

"南原府使家的公子真是一表人才呀,比起当年的翰林按察副使大人也不差分毫。"

起初我不知道银吉说的是谁,直到她提起鞋的事情,我才把"南原府使家的公子"跟在官道上的少年联系在一起。

我的心跳立刻加快了。

"我们家的春香小姐长大了。"银吉的表情既像笑又像哭,她用目光抚摸着我的脸,"男人找上门儿来了。"

银吉带我到浴房,浴桶里面已经备好了热滚滚的菖蒲水,我洗澡的时候想,也许那位公子等得不耐烦了,离开了吧?

洗浴后,小单和银吉一起帮我换衣服,是新衣裳,但颜色素淡。小单低眉垂眼的,仿佛我不是去见客人,倒像是去跟阎王爷见面。

接下来,银吉给我梳了发髻。我们花费了那么多的时间,我十分确定,客人已经离开了。

小单会很高兴看到这个结果的。

我的辫子被盘了起来,用一根长长的有菖蒲花图案的金发钗固定住。我的衣裙也整理停当,可以去见客人了。

银吉突然抱住了我,眼睛里面迸出泪光。

"倘若他不是你喜欢的人,你就不用理他。"

小单用特别的目光打量我,当然这是我第一次梳发髻。但她的目光里,我不只是换了发型,更像是变成了一个她不认识的人。

我沿着木廊台前往客室——那曾经是我和金洙跟着凤周先生识字读书的书房——银吉和小单没有跟着我,我听着细夏布裙裙摆拖在地上发出的声音,觉得自己像一只从她们手中被放飞出去的风筝。

木廊台的屋檐下面插上了新鲜的蒿草,还挂着用彩色碎布拼贴缝补的填充了艾草的荷包,有小鸟形状,也有花朵和蝴蝶形状的。

南原府使家的公子站在客室门外,从白纸灯笼里面洒落下来的灯光犹如冬日气温下降时挂上的清霜,落在他的脸庞上面。他察觉到我的到来,朝我转过脸来。

我一时有些恍惚，站在灯笼下面的少年，一会儿是金洙，一会儿又是官道上的少年公子。

"香榭里的花木种得太多了，"他对我说道，"我只在这里站了一会儿，却好像已经沉溺在某种气氛里了。"

他从上到下扫了我一眼："你比白日里更加清丽。"

"这么晚登门，"我问他，"有何贵干？"

他从袖子里掏出我的鞋。

"我找过鞋匠了，他说这鞋是为香夫人刻的。"

我伸手想把鞋拿回来，但他手一缩，又把鞋背到身后去了。我很快地稳住身子，以防自己跌倒在他的身上。

他换了个方向，借着灯光凑近了，凝视我。他的目光轻轻地抚摸着我的眉毛、眼睛、鼻子、嘴唇，还有额头、脸颊和下巴。

"南原府的香夫人，我闻名很久了。"他微笑着说道，"但直到来了南原府，我才体会到香夫人的名气大到什么程度，这里的花恨不能叫'香夫人花'，这里的草巴不得叫'香夫人草'，所有能引人注目的、所有能听进人耳朵里去的、所有在嘴唇上议论不休的，全都离不开香夫人。"

我往后退了一步，他的气息像流花米酒，让人心慌意乱。

"——你弄错了。"

"你竟然不用敬语和我讲话？你和别的男人讲话时

也不用敬语吗？"

"你弄错了。"我忽然气恼起来，直截了当地说道。

"你还敢用'你'来称呼我？"他得意地笑了，"你果然不同凡响。"

我不想再和他"你"来"你"去地纠缠了，我朝他伸手："请把鞋还给我吧，你不是为这个才来的吗？"

他抓住了我的手，轻轻地捏了捏，我往后挣时，他用力地一拉，把我拉进了他的怀里，他深深地吸了一口气，在我的耳边悄声说道："你的身上好香啊。"

他的拥抱像一件外衣突然披到了我的身上，他身上的气息清新而又陌生，这让我既慌乱又迷惑，以前，我在金洙的怀抱里时，不是这样的。金洙让我的心很定，他的拥抱像冬天的棉衣让我暖洋洋的。

而这个少年的怀抱像一潭湖水，我的挣扎只会让波澜更多，进而更快地让我沉没。我们撕扯了一阵，我就不再动了，任由他抱紧了我。我们的心在跳，起初两个人各跳各的，但跳着跳着，就乱成一片分不清彼此了。

我从他的肩膀往天上看，月亮像一面遥远的镜子，我无法从这面月之镜里看清自己。

花园里草木的香气是长了脚的，四处乱转，没有它们走不到的地方。

"带我去你的房间好不好？"他在我的耳边请求。

我摇摇头。

"为什么?"他朝后仰了仰身子,打量了我一眼,"啊,我明白了。"

他放开我,问:"你要多少银子?"

我忍不住笑了:"你有多少银子?"

"我身上没带多少银子。"他很认真地回答我,"但我可以回府里去取。只是这良宵美景,一刻千金——"

"你叫什么名字?"我问他。

"李梦龙。"

李梦龙。我在心里重复了一遍,然后告诉他:"我叫春香。"

"原来你叫春香?很好听的名字,"他抽了抽鼻子,笑了,"和你的人一样,带着一股香气。"

我知道我应该离开他,至少我应该告诉他,他要见的香夫人不是我。但他的笑容让我拔不动腿脚,也让我开不了口。

我们互相凝视着。在我们中间,有青色的雾气在飞舞。我们仿佛站在官道上,李梦龙的身旁有马,我的身后有旧庙。他的目光长了牙似的,在我的脸上一点一点地咬着。

"春——香——"

"嗯?"

"春香——"

"嗯?"

"春——香——"

仿佛我的名字是菜，他咬嚼的模样儿把我逗笑了。

"春香，"李梦龙用手指摁住了我脸上的笑容，他的语调比他的动作更温柔，"我想我是喜欢上这个名字了。"

他的轻声细语把我的心变成了一只熨斗，我的身子被烫热，变得舒展了。当他把我推进房间，把门在身后拉上，又把我拉到褥榻上时，我没有力气拒绝他了。

李梦龙的手指压住了我的嘴唇："这是我所见过的最娇艳的玫瑰。"

李梦龙的手指摸到了我的鼻子："这是我所见过的最敏感的瓷器。"

李梦龙的手指轻触到我的眼睛："这是所有男人都想把自己淹死在里面的湖。"

"这个嘛，"李梦龙拢起我的头发，"这一束青丝，每一根都是毒草。"

"还有你的皮肤，"李梦龙解开了我的衣服，把我蜕壳似的从那堆织物中间拉出来，放倒在褥榻上，他的手在我的肌肤上面来回地走动，"这是世间最柔软的丝绸啊。"

李梦龙翻身骑到我的身上，他的嘴唇亲吻到我的下巴上时，我抓住了他的手："你的身上带着刀吗？"

"刀？"李梦龙睁开了眼睛。

我想动,但他压着我:"在你的腰间——"

"你这个调皮的小美人儿,"李梦龙咬住了我的嘴唇,喃喃低语着说,"我是带着刀呢,我要杀死你。"

李梦龙真的把刀插进了我的身体,我张开嘴想要尖叫,但他用舌头堵住了我的嘴。一种异常尖利的疼痛深入我的体内,然后化成汁液从我的身体里流走。

血腥气弥漫了整个房间,我从来不知道在我的身体里面还潜伏着这样巨大的激烈。我被自己的激烈吓呆了。

李梦龙也像是受了惊吓,他问我:"你不是香夫人?"

"——她是我母亲。"

"——"

我们一起望着白色的丝麻被单,谁也没有说话。后来我起身把弄脏的被单收拾了,换了干净的被单。我和李梦龙倚着墙壁坐了好久。他的调皮劲儿和嬉皮笑脸一下子都无影无踪了,看上去像一个闯了祸的孩子。

天渐渐地亮了,透过拉门,外面的天光纯净,如同被水洗过。园子里,不知有多少朵红色、粉色、白色的玫瑰借着露水的湿气,悄然盛放。那新鲜的香气让人产生流泪的冲动。

"春香——"李梦龙跟我告辞,"我得走了——"

我替他拉开拉门,他轻手轻脚地走出去,冲我摆摆手。我望着他的背影,忍不住想笑,他鬼鬼祟祟的,好像刚偷了东西。

离太阳升起还有一段时间，但天色已经开始发亮了。园子里的雾气正在苏醒，从地面上、从花枝上、从树根处，仿佛脱衣服似的剥离开来，在空气里飘浮。然后是又一件纱衣从地面、从花枝、从树根处脱下来，向上飘浮。

春　香

小单尽管轻手轻脚的,但她一进来,我就醒了。

从她身后拉开的拉门,我看见太阳已经升得很高了。

我跟小单对视了一下,分别把目光转开了。

她预备要打扫房间,打开橱柜时我拦住了她。

"不要碰那里。"

"怎么了?"她边问边拉开了橱柜的门。

我过去用身子挡住了橱柜:"我想换衣服,你先出去。"

小单看着我,脸上浮现出诡异的笑容:"您换衣服还要避开我——"

"让你出去你就出去。"我的脸热辣辣的,只想快点儿打发她走。

"您就只管换吧,我不会偷看您的。"小单背转过身子。

她用一块抹布擦拭着房里的衣柜,她俯身在每一个黄铜画角上,先用嘴哈了口气,然后用抹布把它擦出亮光来。她干得那么专心致志，一副不允许别人打扰的架势。

我拿起一件周衣套到了身上，把昨天夜里弄脏的被单用一件衣服包起来抱在怀里。小单抬起头打量着我："您抱着什么？"

"——衣服。"

"交给我好了。"

"不用了。"我往外走去。

"您不会是因为李公子昨夜留宿在这里，害羞吧？"

"——"我在门口停下，回头看她。

"李公子可不是冲着您来的，他是来找香夫人的。"

果然，她听到了不该听的东西。

"而你，假装自己是香夫人，抢了香夫人的客人。"

果然，她还看到了一些不该看到的事情。

小单初到香榭的几个月，我和金洙一直想知道她笑起来的样子，但却未能如愿。后来时间一长，就把这件事忘了。很久之后我注意到小单的笑容。发现她生气的样子与人不同，她笑的样子也和别人不一样。无论是抿着嘴微笑还是咧开嘴出声笑，她的目光都是冰冷的。好像嘴唇上的笑容在讥讽眼睛里的严肃，又或者是眼睛里的严肃在嘲弄嘴唇上的笑容。

"您可真是香夫人的好女儿啊。"

我把她和她的讥讽留在身后，出门时我把放在门边的一个阔口瓷罐踢翻了,它刚从库房里拿出来没几天。夏天来到以后,这个薄瓷罐子是用来插一些时令鲜花点缀房间的。

我抱着怀里的被单,匆忙去了浴房,我把被单泡在水里,才想起来我应该先去厨房取一些白萝卜丝,那些萝卜汁可以把血迹除掉。我从浴房里出来时,小单举着一只流血的手指来找我,她说我刚刚踢翻的罐子在花纹席上滚了一大圈,撞到箱柜的铜角上后磕碎了,她在收拾那些薄瓷片时,割破了手指头。

我把她带到药铺,给她敷了点儿草药,用布条给她扎好了伤口。

"您是故意的吧?"小单举着手指头,问我。

"是啊。"我回答她,"你的嘴和那些瓷片一样碎。"

小单看着我,过了一会儿,她转头望着窗外的菖蒲花,像是自言自语似的说道:"跟男人睡过觉,嘴巴像瓷片一样能把人割出血来。"

我回到浴房,看见银吉站在洗衣盆前面,听见门响,她转过头来。

"我的——"

银吉往我的腰上瞟了一眼。

我让她这一眼弄得浑身冰凉。

"我给你炖只鸡去——"她边走边说,经过我身边时停顿了一下,"加黄芪?还是炖海带?"

傍晚香夫人起床，沐浴过后，把我叫到她的房间里和她一起喝茶。她穿着棉布宽袍，随意地挽着头发，身上散发出玫瑰花汁的香味儿。从拉开的拉门里照射进来的夕阳宛若一条光灿灿的河流，这条河流流经香夫人的身边时，照亮了她。她的脸孔像一面镜子，能把人的视线不由自主地吸附过去。也许，对于男人来说，她的脸孔根本就是一个陷阱，他们第一眼望过去的时候，恰恰正是他们一脚踏空跌进深渊的时刻。

我的心隐隐作痛。

房间里面支着小小的竹架，在竹架边上，有一个铜火盆，里面卧着烧红的木炭，上面坐着一个铜水壶。火盆边上搁着一个水盆，是净手用的。

"这茶是金洙亲手采摘、炒制的。"香夫人在茶桌边上的水盆里洗了洗手，用布擦干手，用热水冲洗着茶壶茶碗。

"想让你来尝尝鲜。"

香夫人把一个白瓷茶碗摆在我面前，给自己摆上了一个青瓷的茶碗，用烧热的水冲了两杯雀舌茶。绿色的叶片在水中徐徐地扭转着，慢慢地舒展开来，真如它的名字那样，能开口讲话似的。

"您说——金洙？"

"是啊，"香夫人笑了，用手示意我，茶可以饮用了，

"四年前,金洙的茶艺已经有点模样了,倘若他这几年在东鹤寺用功努力的话,现在也应该有些成绩了。"

"他在寺院里?"我伸手把茶碗握在手心里。茶很烫,手心里的疼痛直抵我的心里。

东鹤寺?我想起住持师父,他的檀木佛珠还在我的房间里。

"这么说,他还活着?"

"你说的是什么傻话?"香夫人望着我,她有一双能把铁打的人儿化成水的眼睛,"当初我把他从花阁里带回来时,就预备好好照顾他的。"

"——"

"我从来没给你讲过他母亲的事情吧?"

"——不是说,是很有名的歌伎吗?"

"没错。她的性情也很特别,是个爱钻牛角尖儿的人。"香夫人喝了一口茶,慢慢地说道,"男人到处留情,原本也不是什么稀罕的事,她是花阁里的女子,却想不通这么简单的道理。有一天夜里她把情人灌醉,杀了他。然后又杀了自己。"

"——"

"太姜当时正好在花阁里,带走了金洙。她是个盲人,又是盘瑟俚艺人,不可能带着孩子四处奔走,正巧当时我想给你找个玩伴,就这样,把金洙留在了香榭。一待,就是十年。"

我喝了口茶，心里五味杂陈。

"金洙是男人，又是花阁里歌伎生的孩子，没有一技之长是很难安身立命的。把金洙送到东鹤寺学茶艺，是我和凤周先生早就商量决定了的事情。所以，明明知道这样做会让你伤心失望，也还是按计划把他送走了。"

三年的时光，就仿佛是三天，又好像是三十年。

"为什么不早告诉我？"

"早一点，或者晚一点，又有什么区别？"

是啊，倘若我早知道了又会怎样？我会去东鹤寺找他吗？

"昨夜，"香夫人呷了口茶，微笑着看我，"南原府使大人的李公子留宿在你的房里？"

"——是。"

"听说是个风度翩翩、神采飞扬的人物呢。"

"实际上，他是——"

"春香，"香夫人轻轻地捉住我的手，把我的手放到茶桌上，指着我手心上的线说道，"看见吗？命运在你自己的手上。要好好把握。"

"如何做，才算得好好把握？"

"倘若你不嫌我啰唆，我会尽我所能指点你。"香夫人说，"我希望你能嫁到一个好人家，过平和幸福的生活。"

"他们当年容不下你，怎么见得就能接受我呢？"

香夫人拉过我的手,打开,她把自己的手伸开和我的摆在一起:"我们的命运不同,各有各的道路。"

我从香夫人房里离开时,是天亮前夜色最浓稠的时刻。大家都在睡梦中,只有花香醒着,比白天香得更加浓烈。我走到前院去。每天都看在眼睛里的那些房子,像外面的世界一样,充满了陌生感。

我没想到李梦龙会再次登门。银吉带着他来到药房,临走时,很细心地替我们把门拉好。

我们四目相对,一时找不到话说。

"我知道我应该坐上马车,回汉城府。"他沉默良久,叹了口气,开口说道,"但我的两脚却把我带来了这里。"

"你应该用刀把脚剁掉。"我顺口说。

他笑了半声,停下了,我们想起了昨夜的"刀",把目光移开了。

"来南原府的时候,"李梦龙过了一会儿重又开腔,"我在一个开满野花的山坡上邂逅了云游僧智竹,我觉得我们两个人长相啊以及神情间,有一些相似之处,那种感觉很怪异也很有趣。我邀请智竹师父跟我一起入住里里的客栈,他在茶艺方面很有造诣,我们喝茶聊天,他说起南原府,说那里有两个神奇的女子。"

我的心扑腾扑腾地跳。

云游僧吗?叫智竹?

"当时我没把他的话跟你们扯到一起,我听说过香夫人,但从来不知道她有个女儿。但昨夜从香榭离开时,我想起了智竹说过的话,我也想起了他提起你们时的表情,"李梦龙凝神思索了一会儿,"他的笑容如同清水的羽毛,变化细微但引人入胜。你干什么——"

我愣了愣,才发现李梦龙的目光盯着我的手,我把外公的药书像拧湿衣服那样拧出几个波浪。

李梦龙把我手里的药书抽了出去,随便翻了几页:"这是什么?"

"是我外公写的药书。他以前是南原府最好的药师。"

"以前?"李梦龙把书还给我,"他去世了吗?"

"他在山里炼丹。"我把书插回书架上,"我外公一直想做神仙,倘若能炼成丹药,他就能长生不死了。"

"长生不死?"李梦龙笑了,"听上去比异闻传记还要玄虚呢。"

"后来呢?"

"什么? 后来?"

"你跟那个叫智竹的僧人——"

"当然是各走各的路了。"

我带着李梦龙去客室,在木廊台转弯的地方,他轻轻地捏了捏我的手。

我请他进客室,我们在小茶桌对面坐下。

我不知道这会儿谁能来替我们沏茶倒水。但李梦龙却好像对这些事情并不在意,他盯着我问:"你真的不是香夫人吗?"

　　"我是她的女儿。"

　　"她怎么可能有你这么大的女儿?倘若她的年纪这么大了,又怎么可能让那么多的男人为她发疯?她有什么与众不同的保养之道吗?"

　　我想了想:"她白天睡觉,天黑以后才起床。"

　　"那访客呢?只在夜里才接待吗?"

　　我点点头。

　　"我明白了。"李梦龙用折扇在额头上敲了一下,"有些女人在阳光下看上去不怎么样,但一到了夜里就变得楚楚动人。夜色能掩饰很多细节,香夫人能迷倒这么多人,也许靠的正是光线变化的魔力。或者还有其他的法宝,比如迷魂药什么的?你外公不是药师吗?"

　　"我才是药师,"我被他想事情时的专注神态逗笑了,"没有人能比我更清楚药房里有些什么东西,我们家没有迷魂药。"

　　"你敢肯定?"

　　"你对你手心里的线条肯不肯定?"我在李梦龙的手上拍了拍,"药房里所有的东西都握在我的手里。"

　　"听上去,你的手倒是比吹的牛皮还要大呢。"李梦龙拉长了声调,显然,他不相信我的话。

"迷魂药么,也不一定非得是药房里的药,它可以是陈年佳酿,是动人的歌唱,是撩人的舞姿,是女人的美色,或者,某种难以言喻的温柔——"李梦龙似乎被自己的话语牵引进一个梦幻当中,他的目光在一个我看不清的世界里转悠了半天,最后停留在我的脸上,"春香,有没有男人对你说过,你就是他的迷魂药?"

我盯着李梦龙手里的扇子,他的扇面上白花花的,什么也没有。

我摇摇头。

"我早就猜到你会摇头。女人都会做出很清白的样子来,装得像个公主。"李梦龙笑笑,"不过,我可是知道公主是怎么回事。"

"你见过公主?"

"何止见过。"李梦龙得意扬扬的,表情变得微妙起来,"我跟几位公主很有交情呢。尤其是五公主,因为是王后亲生的,她的架子摆得比王后还大呢。有一次我们在青瓦台的花园里相遇,当时宫女离得稍远了一点,她冲我做了个手势,把我叫到身边,低声吩咐我晚上到白梨宫去找她。我以为自己的耳朵出毛病了。她们走过去后,我望着她们的背影发呆。五公主身边的一个宫女回头冲我笑了笑,我这才相信自己刚刚听见的邀请是真的。"

"你去了吗?"

"哪敢不去？我们下了几盘棋，半夜时她嫌累，我就告辞出宫了。后来又见过两次面，都是这样不咸不淡的，她断定我是一个缺少趣味的人，以后再没召我进过宫。"

"她美吗?"

"国王的女儿自然是气度不凡。"

"你们——"我想问那个，但问不出口。

"没有。"李梦龙明白了我的意思，"五公主还未出嫁，倘若出了问题，不只是我自己要丧命，还会连累家里的人。"

我们一起笑了，气氛轻松起来。

一阵脚步声传了过来，我和李梦龙收了口，朝拉门看着。小单拉开了拉门，她打量李梦龙的样子，就仿佛他是从身后屏风里画着的山水中一步跨到香榭里来的。

"欢迎您来香榭。"小单朝李梦龙施了礼，接着把一个放着茶具的托盘端了进来，她一样一样地把茶壶茶碗之类的摆到茶桌上，她的神色庄重得有些过分，动作则比布置祭桌还要讲究。

我和李梦龙一言不发地看着她在我们面前的茶碗里倒上茶，茶香袅袅地从茶碗里飘荡出来。

小单直起身子，眼睛望着窗外，郑重其事地开口问道:"李公子还有什么吩咐?"

"没有，劳烦你了。"李梦龙回答。

"春香小姐呢？"

"没有。"

"那我就先告辞了。"小单看一眼李梦龙，又看一眼我，拿着托盘走出门去。

"你的侍女说话总是这么阴阳怪气吗？"李梦龙说，"像个装模作样的巫妇。"

"我不知道，"我笑了，"我没见过巫妇。"

"我见过几个。她们很让人讨厌。"

"可小单很俊俏啊。"

李梦龙鼻腔里哼了一声："庸脂俗粉。"

或许我在他眼里也是很难看的吧？

"你见过公主，所以不管其他什么样的女子在你眼里都变得俗气了吧？"

"那倒也不是。"李梦龙嘴上说不是，神态却在肯定我说的话。

"不过，"李梦龙突然又沿着刚才的话题说了起来，"见过公主也没什么大不了的。其实，像我这样私下里拜访过五公主的儒生并不少见，她经常召男人进宫。成均馆里的好多儒生，还有一些贵族子弟，被五公主青睐一下就不知道自己姓什么了，异想天开地以为美色和荣华富贵是一双靴子，双脚往里一蹬就什么都有了。结果呢，除了被嘲弄一番之外他们什么也没得到。一个男人成不成熟，主要看他对女人的态度。女人就像蛇，随时都得提防着点儿。"

"那你还坐在这里干什么?"我终于逮到了机会,说出想说的话了,"不怕被蛇咬吗?"

"——我已经被蛇咬了。"李梦龙苦笑了一下,"我在汉城府听盘瑟俚艺人说唱过《香夫人歌》,那个叫太姜的女人在说唱技艺方面确有过人之处,但把香夫人形容成深山里的玉石和水底的珍珠,难免言过其实。香夫人以什么为业,大家都心照不宣。听说她和很多权贵交情深厚,不过美貌的女子从来就是男人身上的佩饰,不是要紧的东西,但即使是出于面子,也难免要有那么三五样。来到南原府以后,我发觉这地方的人如同全体被香夫人灌了迷魂汤,都有些疯疯癫癫的。我想知道这是为什么,因为她是药师的女儿。"

李梦龙的语气很温和,非常平静。

但有时候,我们会被一张纸划破手指。

"香榭没有迷魂汤。香夫人和别的女人也没什么分别。"我对李梦龙说,"有些人之所以疯疯癫癫,是因为他们原本如此,没有香夫人,他们也会找出别的理由来把自己变得疯疯癫癫的。"

李梦龙望着我:"我得罪你了吗?"

"像我这样的女子,像您帽子顶上的灰、脚底下的泥,说什么得罪不得罪的——"我起身要走。

"春香——"李梦龙拉住了我。

"失陪了。"我挣脱开他的手,离开了。

我独自坐着。

药房里的气味让我慢慢地平静下来。

银吉拉开门,走进房里来。

"李公子离开时,脸色很难看。"银吉说,"你们吵架了?"

我没说话。

"情人吵架就像出太阳落雨,哗啦哗啦一阵子就没事儿了。"

"谁说我们是情人?"我抬头看着银吉笑了,但我的眼泪很快地从眼睛里涌出来,流了满脸,把我的笑容弄湿了,"我们算哪门子的情人?"

李梦龙

李梦龙第三次登门,是来向我辞行的。他对我说,科考开笔的日子越来越近了,他必须要回汉城府了,他父亲——现任南原府使大人——蒙国王陛下大恩,高升到了另外的位置,提前结束了在南原府的任期,和他一起回汉城府。

"我不想走,但是——"李梦龙犹豫了一下,"我父亲昨日问我,香夫人真的像人们说的那样,看她一眼比喝下整坛酒还容易醉倒吗?我说我不认识香夫人,不过香夫人家里的春香小姐,倒的确是风华绝代。"

他这么夸我,我觉得很难为情。

"事情闹大了,"李梦龙拿出一封信,指给我看写在信尾的几句话,"'你在南原府的风流事,现已传得沸沸扬扬。好多小姐在为这件事情伤心呢。'这是我母亲的手记,唉,这世间没有什么能比流言的蹄子跑得更快。"

"信中说好多小姐,这'好多小姐'指的是谁呀?"

李梦龙看着我,扑哧一声笑了。

他得意扬扬地点出一大堆名字，说她们为了见到他，经常怂恿自己的父亲在家里办酒宴。和李梦龙一起读书的儒生们经常跟着他沾光，被请去喝酒。

"不能只请我一个人，目标过于明显的话，婚事一旦遭到拒绝，就太丢脸了。

"她们躲在某个地方，屏风、假山、树木，所有能遮挡她们的地方，偷偷地看我，有个将军的女儿，居然穿了男仆的衣服在我的桌子前面走了几个来回。我很佩服她的胆量，但对她的长相实在不敢恭维。

"在汉城府，我对这种酒宴真是厌烦透顶。那些贵族小姐们个个养尊处优，刚一长大就迫不及待地想找男人托付终身，我可不想被谁纠缠住，从她们的父亲手中接过照顾她们的重任。"

"一辈子不娶女人，"我问，"你做得到吗？"

"恐怕不行，但是，躲一时是一时。"

"现在，她们准会认为是南原府的香夫人把你纠缠住了。"

"她们怎么样胡思乱想，我才懒得理会呢。"李梦龙笑着说，"我高兴的是，回汉城府以后我就不用整天为参加各种各样的酒宴烦心了。"

银吉过来，说香夫人请李梦龙留下吃晚饭，为他饯行。

"香夫人也和我们一起吃饭吗？"李梦龙沉吟了一

下,问。

"你们单独吃饭,吃过饭后,香夫人请你们二位喝茶。"

"既然如此,"李梦龙笑了,"我就恭敬不如从命了。"

侍候我们用餐的厨师是香榭所有的仆人当中看上去最弱不禁风的一个,她瘦得一动起来能让人听见她浑身上下骨节之间摩擦的声响,她带了一大堆奇形怪状的刀具,在我们面前一一铺陈开来。

这些东西一亮出来,客室里的气氛立刻变得不同寻常了。

小单端着一个盛水的白瓷罐进来,罐里游着一条黑色的鱼,据说这鱼是从很远的海边运过来的。

厨师把两碟看上去半黄半绿的调料放到我们面前,一伸手就把鱼从水里捞了出来,她先用一种和剪刀不乏相似之处的东西把鱼夹紧,从头到尾用力一拉,在清水里一抖落,黑色的鱼鳞就漂在水里了。鱼仍然活着,失去了鱼鳞后它折腾得比失去了水时还要厉害,厨师操起一把尖刀,眨眼间,在刀尖上扭动的就是一根鱼刺了,这种变化如此之快,好像连鱼自己都看得发呆,鱼眼睛瞪得快要掉到盘子里来了。

比纸片还薄的鱼片分送到我和李梦龙的餐碟里,李梦龙蘸着厨师的秘制调料,把鱼片送入口中,长长地

"嗯——"了一声过后,叹息着说道:"鱼片像雪片一般化掉了。"

厨师微微一笑。

"全州美食,名不虚传啊!"李梦龙感慨,"即使是在王宫里面,也很难吃到如此令人心醉神迷的东西。"

我指了指放在我面前的餐碟:"把这个也拿过去吧。"

"这么可口的东西,你竟然不喜欢?"李梦龙很高兴地把餐碟端走了。

厨师把那些令人眼花的刀具,还有散发着腥气的瓷罐都带走了,小单用小饭桌给我们端进来其他的菜肴和米饭,饭后,她又送来刚做好的玫瑰馅的月亮糕。糯米粉里面加了珍珠粉,吃时要沾着蜂蜜。

"香榭里的生活如此奢华,靠什么维持呢?"李梦龙问,"朝廷一二品官员的吃穿用度也不过如此啊。"

"经常有人送礼物来。"

"最近的半个月就有四次呢。"小单插嘴说道,"用十几个大箱子往香榭里抬。"

我瞪了小单一眼。

"十几个大箱子?"李梦龙却并没有听出小单的弦外之音,她的话让他哑然失笑,"除非装大米,要不然,没人能送得起这样的礼物。"

"怎么会送大米呢?您真会说笑。"小单说,"香夫人的客人一向出手大方。"

"那也不会一次送十几个箱子的东西。"李梦龙断然说道，"我认识的男人，没有一个人能做到这点，哪怕是最便宜的夏布，也做不到。"

"是这样吗？"小单朝我眨了下眼睛，有些轻蔑地笑了，"我还以为像您这样的贵族，家里的银子多得可以铺地呢。"

李梦龙这次才尝到了盐味儿，他打量着我，想弄明白小单的话是她自己不知深浅、信口胡言呢，还是在替我传达什么讯息。

吃过饭，我带李梦龙去见香夫人。

"真伤脑筋啊，"李梦龙指了指院子里的四黄，"那四个家伙寸步不离地跟着我。"

我把李梦龙带到药房去，给他抹了点儿药水，我们走出门时，四黄围上来闻了闻他，然后各自散去了。

"你给我抹了什么？"李梦龙高兴地说，"它们看都不看我一眼就走了。"

"自然是让它们讨厌的味道。"

"你还真是个药师。"李梦龙把手腕举起来闻了闻，"我怎么闻不到？"

"倘若这上面长着狗鼻子，"我指了指他的脸，"你就闻得到了。"

"香榭里的女人真是放肆!"他忽然发怒了,"你们以为自己有几分姿色,吃穿讲究些,就可以随意让人难堪吗?!"

"我有什么失礼之处吗?"我没明白他的意思,"你这样火冒三丈——"

"你拿畜生来和我做比较?这还不算失礼,难道是在赞美吗?!"

"人有生命,畜生也有生命,园子里的一花一草一木,哪一个不是有生命的活物?我们生活在万物之中,就如同和亲人和朋友生活在一处,这怎么能称得上是失礼呢?"

李梦龙气恨恨地看着我,我也毫不客气地用目光回敬他。慢慢地,笑容从他的皮肤下面渗出来,展开在脸上,

"你这样满口荒唐言的小姐,真是少见啊。"他说,"不过,你的眼睛如此明亮,目光如此干净,再奇怪刻薄的话语从你的嘴里说出来,也有了道理似的。"

"不是我有道理。"他一笑,我的气也消了。

我走到菖蒲花田去,挑那些细密的花丛剪下来几枝花:"是万物生灵,各自有理。"

"嘘——"李梦龙促狭地一笑,"你听,菖蒲花在喊疼呢。"

我闭上眼睛,很慢,但很深地吸了一口气:"你说的

没错儿,它们也会疼的,我割下它们的时候,它们的气味会有一点点变化,像人疼痛时那样,全身都抽动、缩紧了。"

李梦龙像是听见了多么有趣的事情,笑了好半天。

"银吉说你是在花里生出来的?"

"这些菖蒲是外公种的,我生下来的那天,第一次开花。"

香夫人坐在绣着五只老虎的屏风前面,穿一身银灰色的衣裙,她盘着发髻,除了银发簪上面镶嵌着一颗指甲盖大小的明珠之外,全身上下再没有任何修饰。我和李梦龙进去时,她微笑着望着我们。在感觉中,我们仿佛是坐在她用目光铺成的龙纹席上。

李梦龙呆呆地望着香夫人。

"见了香夫人,我才明白为何香榭会成为传奇。"

"南原府的天空为什么总是瓦蓝瓦蓝?"香夫人淡淡一笑,"流言蜚语太多,把云彩都吹跑了。"

李梦龙笑了。

我把刚剪下来的菖蒲花插到一个圆肚窄口的水罐里。

"春香插的花儿,"香夫人谢了我,"有股难以形容的妙处。"

我把花枝摆弄好,在我的小桌后面坐下。

"几次登门,招待不周,"香夫人先端起了酒杯,冲李梦龙和我举起来,"我们几乎没正式认识呢,您就要离开了。"

"您太客气了。"李梦龙说。

"李公子几时再来,给我们好好款待的机会?"

"我不知道。大考将至,前途未卜。"李梦龙显然是经过一番考虑,把杯子放下了,很庄重地把身体转向香夫人,行了个礼,"很抱歉,我不能为府上的春香小姐承诺什么。"

"您不要误会了我的意思。"仿佛有风吹拂过来,经过香夫人的脸上,把一个笑容留了下来,"香榭这样的地方,难道还需要男人许下什么纳采问名、请期亲迎的俗套吗?不管外面怎么传言,香榭自有香榭的骄傲。说句夸口的话,那些贵族小姐们除了一个轻飘飘的出身外,无论是相貌、性情、才学以及陪送的彩礼嫁妆,有哪一点可以与我们家的春香相提并论的?只要春香愿意,豪门大户也不见得有多么高不可攀——"

"我不想嫁人。"我插了句嘴。

香夫人用扇子压住胸口,看着我。

"你做你的香夫人,我做我的药师。不是挺好?"

香夫人笑了,轻轻摇动手中的扇子。

"春香——"李梦龙看我一眼,"虽然香榭里面衣食无忧,但终究是身处——"

李梦龙顿住了话头,看了香夫人一眼。

"身处贱业,是吗?"香夫人语气平静地接了一句,"市井之中,都认为嫁入豪门是女子最好的归宿,至于是不是能够生活得快乐,却很少有人理会。高宅大院铜门深锁,纵然富贵,又能有多少乐趣可言? 香榭的名声也许为外界所不齿,但这是一个能够让人尽情呼吸、自由生活的地方。"

"我无心冒犯您,也无意诋毁香榭。您说得很对,华服之下未必富贵。生在贵族人家,有很多难言的苦衷。"

李梦龙绷紧了脸,俊美的脸庞上线条明朗。

"春香小姐,我很抱歉无法对你的未来做出承诺。回到汉城府,宛若进入茫茫大海中,我连自己身上会发生怎样的变故都无法预料。"

"你用不着抱歉。"我对李梦龙说。

"是啊,"香夫人意味深长地打量着李梦龙,"你只要记得南原府有个叫春香的女子就行了。"

我们从香夫人的房里出来。她没送我们,但我们走出去不远,她的房间里响起伽耶琴的琴声。

"来南原府时,"李梦龙轻轻地叹口气,"一路桃红李白,还是阳春天气呢。"

"夏日的景致也很美丽。"

"春香,你真的是与众不同的,"李梦龙转头看着我,他的目光充满了忧伤,却故意笑得很轻佻,"倘若能够选择,我倒真想娶你回家呢。"

"你怎么会娶我呢？"我笑了，"我又不是贵族小姐。"

"你说得对，我命中注定只能娶一个贵族小姐。"

"那么，"我对李梦龙说，"我们就此告别吧。"

"我想在香榭里四处走一走，"他犹豫了一下，"你陪陪我，好吗？"

我们沿着木廊台缓缓地走动，月亮一会儿在这边，一会儿在那边。围绕着屋子捉迷藏。香榭的壮观宏大，让李梦龙啧啧称奇。

"爱情多神奇，让你的父亲居然做出这样的举动来？想想看，春香，我们的国家世代流传，江山不易，朝廷会有几十个几百个几千个翰林按察副使大人，但为一个女子做到如此境界的，只有你父亲一位。"

"说得也是啊。"我很感慨。

"这么想想，他倒也死得其所。"李梦龙唏嘘了一阵，"听说你有个情人，叫金洙的？"

我扭头看他。他努力让自己显得自然一些。

"——小单说的？"

他点了点头。

"——金洙不是我的情人。"

"可你们在床上被香夫人捉住——"

我能想象出小单是怎么向李梦龙形容那个夜晚的，我可不想听他重复一遍。

"他不是我的情人，"我打断了李梦龙，"这点你应该比谁都清楚。"

"这个我也知道。"李梦龙说,"说起来有些丢脸,我不认识这位金洙,可我很生他的气。"

我们坐在药房门口的木槿树下,翰林按察副使大人不喜欢颜色灿烂的桃花,却对这棵花朵朝开暮落的木槿情有独钟。眼下正是繁花生树的时候,风吹过来时,花瓣像雪一样纷纷扬扬地飘落。

"一想到我离开以后,会有别的男人来拜访你,"他抓住我的手按在他的心口,"我这里就疼得厉害。"

"我不是香夫人。"

"我想说的是,"他长长地叹息,抓住了我的手,手指紧紧地勾住我,"我的人可以离开,但心,像个桃子似的被你摘走了。"

他留宿在我的房里,即使在我们欢好之时,我也清楚,李梦龙和金洙是完全不同的人。金洙的心思就像茶碗里的茶叶,一片一片看得见数得出。而我的情绪随着他的喜忧而变化,就像茶叶被水泡着,渗出茶色。李梦龙却不同,他心胸辽阔:装着汉城府,装着功名利禄,还装着很多女人——也许以后还会加上我——他的想法很多,但对什么都不能确定。

第二天一早李梦龙离开时,我假装仍旧在睡觉。他在身后拉上拉门时,留下了一条缝,我从缝里看着外面的天空,天空阴沉沉的,乌云从门缝里挤进来,像一床被子朝我的身上压过来——

　　在李梦龙的脚步落下的地方,从南原府到汉城府,到处传唱着从盘瑟俚艺人那里听来的歌谣:

　　　　说南原来道南原,
　　　　南原女子赛神仙,
　　　　美如春葩变如云,
　　　　风流话柄口口传。

春　香

　　入夏以后,园子里的玫瑰一朵接一朵地开了,香榭被甜美的花香包围着,房间里变得有些闷。银吉指挥着仆人们把房间双层的拉门抽掉变成单层的,把草席撤掉换成竹席,丝绵的厚被子浆洗后晾在花园的架子上面,我们睡觉时改用细麻布的被单。

　　我的身体也和季节一样,进入了热烈难耐的时期。

　　夜晚变得越来越短,每天只有两个时辰是真正的黑夜。相反地,白天却被拉长了,从清晨到黄昏,明亮的光线像一堆金色的干草,不断地垫进我的心底,黑夜降临以后,我觉得自己的身体内部明亮而灼热,随便一小颗火星就能点燃我,把我变成一只会发光的萤火虫。

　　我连续好多天没有睡一个完整的觉了。我做了一些很奇怪的梦,这些梦境就像我手心里的线条一样,恍若一些和命运相关的道路。我会在某个漆黑一团的或者金光万丈的道路中间突然醒来。

　　我起床,在香榭里四处走动。有好几次我去找银吉,想和她聊聊,哪怕仅仅是衣料的质地或者玫瑰花的颜色这样的话题也好。可每次她都睡得地动山摇,呼噜打得比凤周先生抱着酒瓶入睡时还要响亮。她身下的莞草草席在香榭属于难得一见的旧物,天气好的时候,她总要把草席拿到外面晾一晾。银吉在太阳下面的动作那么小心,谁都猜得出来那是外公当年用过的东西。

我去药房里点上灯,收拾木架,整理药书,李梦龙来到香榭后,研制"五色"的事儿就被我撂在角落里了。我把能用得上的一大堆罐子收拾出来,在一个靠墙的木架子上摆好,以便随时取用。另外,我又把外公留下来的几本药书也摆到了醒目的位置上,虽然里面的内容我早就烂熟于心了。但有他们在,就像外公在场似的,让我觉得心里踏实。

有一天天快亮时,小单打着呵欠从前院往后院走。经过药房时,她停在我的窗前。

"您还没睡觉?"

"——是啊。"

"来了几个客人,香夫人要我陪着他们打花图。一打就打了一整夜。"

我没接腔,但小单似乎来了谈兴。

"他们把我当成了你,一口一个'春香小姐',实在很让人厌烦。香夫人为什么不让您去接待那些客人呢?"

"——"

"李公子也走了一段日子了,"或许是因为我的沉默鼓舞了小单,或许是见了些客人让她觉得自己见过世面了,她变得放肆起来,上下打量着我,"您也该打起精神来,收拾得齐整些,见见新客人了。"

夜风的沁凉和内心的焦躁以手的形态抓住了我,又向着完全相反的方向撕扯着我的身体。好像是为了配合我的感受似的,花丛里面的知了一声高一声低地叫着。

"你是哪位大人?又是受了哪位国王的委派,可以这样对我指手画脚地安排我该做什么不该做什么了?"

"我是关心您啊。"小单一副吃惊的样子,"您对草啊药啊的了解得不少,但说起男人,您的眼光可不能恭维。虽说您跟李公子已经——但您可没能留得住他啊。

"您得学学香夫人,那才真是有阅历有眼光。像昨天夜里的那些年轻人,她让我出面接待,是要让我摸索待人接物的经验。这些人根本不会让她真正放在眼里,即使她心血来潮留下某个人过夜,他们也无非是新压出来的豆腐,不能隔夜的,天亮时一准儿会被打发走。但有几个常客就不同了,他们不常来,但来了总要住上个十天半月的。那些男人天生有架子,冷眼一看气派也是十足的,每次来访,香夫人都亲自到门口去接——"

"你想连这些人也一并拢到自己的裙子下面才甘心,是吧?"

小单看着我。

"你想当香榭的新主人，风风光光的，迎来送往？给你件彩衣披披你还把自己当凤凰了？我告诉你，小偷的女儿就是小偷的女儿。"我的语气里带着一股凶狠的劲头，它们从我的嘴巴里蹿出来，连我自己都感到陌生和惊悸。

"我是小偷的女儿，"小单脸色发青，脸绷得紧紧的，像刚糊上木格的窗纸，"您和金洙从小就总拿这个取笑我。可你们呢？装得好像王公贵族出身似的，但整夜厮混在一起做些肮脏勾当的人又是谁呢？！先是金洙，又是李公子，你有什么好得意的？还不是像旧抹布一样被扔掉？香夫人当年可是有人盖了香榭给她，您呢？您是竹篮打水一场空。真够凄凉的。"

晨星穿透了夜空后，又穿透、进驻到我的身体中来。倘若天上已经变成白色的弯月是把刀，我的手又能够得到，我肯定会用它把小偷女儿的舌头割下来。

"——你是一条毒蛇。"

"我是毒蛇？是吗？"小单得意地笑着，"这么热的天，倘若能把一条毒蛇抱在怀里，也许倒是件让人愉快的事情呢。蛇的身子总是冰凉的。"

"蛇是不说话的。"我与小单对视着，"有一种药，吃了以后能让人的舌头像蛇的舌头那样开出叉来，从此以后，看她再怎么胡说八道。"

小单定定地看着我,她的脸色让我的心情变得晴朗起来。

"您是在和我说笑吧?"转眼间,小单脸上笑容灿烂,自问自答,"当然是说笑。天气这么热,没有什么新鲜事儿发生,大家都吃不香睡不好的,倘若再不说说笑笑,日子还怎么过啊?不过,现在我可要去睡觉了。我困得站在这里仿佛都是在做梦,满嘴梦话。"

香夫人有一天傍晚请我喝莲花香片,等水烧开的时候,她给我讲香片的制作以及冲泡的方法:"是把今年的新茶装在纸包里,夹在半开半闭的莲花花瓣中,把莲花像布口袋似的扎好,三天后取出来;水则是花了三天的时间,清晨从莲花的花瓣上采集下来的,很用心良苦呢。"

"是金洙送来的吧?"

"春香真是冰雪聪明啊。"

我喝了口茶,莲花香片里面的柔情万种闻得到也品得出。

"这样的茶,"我低声说,"喝了让人想流泪——"

香夫人沉默了一会儿,伸手过来,我们的手像一对白玉插梳,交叉在一起。

"您爱那个男人吗?那个把我留在你身体里的男人?"

"我被他震住了。"香夫人沉吟了一会儿，笑了，"完全被迷惑了。有一段时间我认为他不爱我，后来我知道我错了，那是在我和很多男人交往后才突然发觉的。就像在沙里淘金那样，我察觉到他曾经是世间最爱我的人。而我不只是喜爱他，我还感激他。"香夫人的手指用了些力气，"感激他把你留给了我。"

我的眼泪一滴一滴地落入茶碗里。

"金洙的茶真是喝不得了——"香夫人的眼里也泪光晶莹，"想必他制作这香片时心情也是忧伤的吧？"

我不想太伤感，转移话题谈起了我正在研究的"五色"。

"真的能让人遗忘吗？"香夫人问我，"听起来好神奇啊。"

"我不知道。"我犹豫了一下，"或许我应该亲自试一试。"

"那可不行。"香夫人笑了，"你是香榭的药师，大家的健康都寄托在你身上，你绝对不能冒险。"

"药和病人也像男人女人的那种关系一样，"我说，"是讲缘分的。"

"这个说法很有意思。"香夫人笑了。

我在药房里好几天没出门，"五色"的研制进入了最后的阶段，我把精神全放在制药上，在药房里，用一个小灶熬汤煎药，每日清晨我在一个单子上面把想要的原料写下来,让人到外面的药铺抓回来。十几天过去后,我进入了前所未有的状态,就仿佛初次见到李梦龙那一瞬间的状态被无限地拉长了,我几乎不吃东西,只靠着喝春天时采的槭树汁支撑着,但眼睛却比以往任何时候更亮更有神。这是有一天小单对我说的。更多的时候,我听不见别人说的话,哪怕这个人迎面对着我,我也听不见。我的心思在别处。灶上的文火煎煮着草根,它们的气味胜过千言万语。

"家里已经出了一个神仙了,我可不想看到第二个,瞧瞧你这副样子。"银吉从厨房带了几个食盒来看我。

"被雨水剥光了叶子的花梗也比你胖上几圈呢。"

食盒打开以后,食物的热气和味道像一团雾气,朝我扑面抓过来。

我一阵反胃,冲银吉摆摆手:"你把东西带走吧,我实在一点儿胃口也没有。"

"没有胃口也要吃,"银吉生气了,即使她沉着脸,也仍旧是一团和气的模样,"你都到了嫁人的岁数了,胸前还平得什么似的。你以为男人是缺搓衣板才把女人娶回家的吗?"

"我真的什么也不想吃。"我无心欣赏银吉的玩笑,"吃了东西以后我的脑袋里面就变成一盆糨糊了。"

"胡说八道。"银吉强硬地说,"哪儿有庄稼不上肥的?"

"人和草木一样,活下去并不需要太多的东西。人们把很多简单的事情弄复杂了。"

"——你说话的这种语气、神情,"银吉怔怔地看着我,"真像你外公啊。"

我盯着银吉的脸,一个念头在我的头脑里,突然醒转过来。

"银吉,你想过没有?或许外公并不是真的想做什么神仙才离家出走的。身为药师,整天扮演人间菩萨,是件很辛苦很让人烦恼的事情。外公厌倦了救人济世的生活,但又无法推托身为药师的责任,所以他就随便找到一个借口,进山做什么神仙去了。"

"你被什么附体了?竟说出这样的鬼话来?"银吉的脸色变白了。

"外公是个了不起的药师,他写的药书我全都钻研过,像他这样的聪明人是绝对不会相信什么炼丹成仙这类荒唐事儿的,"我抓住银吉的手,在她的面前蹲下身子,看着她的眼睛,"也许外公根本没在山里,而是到了另外一个南原府,过自己想过的生活去了。"

"——你说的可能也有一点道理。"银吉像个孩子似的�’起了嘴,想哭,又竭力忍着,模样显得有些好笑,"那个家伙看上去温和,其实长着一副铁石心肠。年轻的时候我怀过两次孩子,都流掉了,我表面上装糊涂,其实心里清楚得很,是他偷着给我下了药才流掉的,他不想让我给他生孩子。"

"他——"我吸了一口气，"怎么可以这样对你？"

"他对别的女人也一样无情。有一个贵族人家的女子，长得别提多惹人爱怜了，有一次得了重伤风，被你外公医好了。那女子迷上了他，经常深更半夜坐马车来找他，你外公心情好了就见见人家，心情不好，甭管是下雨还是刮风，也甭管她是冒了多大的风险出来探望他的，他理都不理。真让人看着心寒啊。那个女子虽说是贵族家的小姐，但爱上了你外公，整个人是连命都可以豁出去的劲头，可惜啊，一把旺火焖糊了米饭。你外公才不在乎呢，拍拍屁股一言不发地就走得无影无踪了。

"他离家以后那个女子还来过一次，人瘦得只剩下一把骨头。听说你外公进山了，眼泪哗哗地流，但一句埋怨的话都没说，登车离开时，还撩开车帘往药房这边一直一直看着。都说是痴心女子负心汉，这话是半点也没错啊。"

银吉拎起裙角擦了擦眼睛。

"他那么坏，你们为什么还爱他？"

"这种事情哪是由得了自己的？这都是命啊。"银吉叹了口气，"你外公真要像你说的，现在躲在哪个地方过舒心日子，我倒高兴呢，省得这么日日夜夜地，担心他在山里吃不好穿不暖。"

"我现在研制的这种药，吃了以后能让人忘记过去发生的事情,倘若配制好了,你愿意喝吗?"

"——能把以前的事儿都忘了?"银吉怀疑地望着我。

"我想能。"

"把以前的事情都忘掉了,那人不就成了一个空壳了吗？算了吧,还是现在这样好点儿,"银吉拍拍胸口说,"人这里面不能光有五脏六腑,总还得装点别的东西吧,能惦念的东西,活起来才会觉得心里踏实。虽说你外公不怎么样,但别的男人就比他更好吗？天底下的男人都是一样的。"

"你这么喜欢他,外公一定是个很出众的人,"我抬手摸了摸银吉眼角的皱纹,她是个老女人了,但在我看来,连香夫人也不能比她更好看,"所以才特别讨女人喜欢。"

"那是当然,"银吉一高兴,目光在回忆中变得年轻起来,"你外公啊,腰板总是挺得直直的,说话的声音甫提多温和了,身上带着股好闻的味道,又会哄人高兴,是女人都会为他着迷的。"

我最终把"五色"配制完成了。"五色"最后的形态是一瓶接近于白瓷颜色的液体,像一块能流动的玉,无色无味。

我在瓷瓶的外面贴上了一个标签,上面写着"五色·剧毒"。

新府使大人

按照官吏的例行调任,每隔五年,南原府就会有一个新府使大人。

李梦龙父子离开南原府快两个月后,新南原府使大人来到南原府。这位卞学道大人原本是朝廷典狱署负责刑拷囚犯的官员,他长着一双鹰眼,即使在黑夜里也能闪闪发亮。有一些写异闻传记的书生们专写官场中的事,他们对仕途中人事更替、上浮下沉的关系,以及每个官员的背景兴趣十足。据他们讲,卞学道在为官之路上没有什么靠山背景,他是凭借着一双与众不同的眼睛得以在典狱署任职多年的。此次就任南原府使,是卞学道第一次参加官吏的例行调任,同时,也是最后一次。任期结束的时候,他也到了该退休归田的年龄。

和所有地方官一样,上任伊始,他少不得先要了解一下当地的民风民俗。连续三十多天,新任的南原府使大人流连在南原府的几间花阁里,每夜留宿。正是三伏天气,他的名声像一块肉食,在很短的时间内就变得臭不可闻。

风流好色的帽子无比牢固地戴到了新任南原府使大人的脑袋上,即使卞学道大人后来在一日之内解决了上一任南原府使大人积存下来的六个悬案,也丝毫动摇不了这顶帽子的分量。这种状况也是卞学道大人自找的,他扬言说,南原府人在他眼里,是河里的淤泥,虽然里面养着荷花养着蚌,但淤泥就是淤泥,注定要被人踩在脚下。他所指的荷花是南原府以美色著称的女子们,而蚌,则是用来比喻香榭的。

听与卞学道大人共宿过的女人讲,他到南原府这样的小地方任职,是因为汉城府花阁里的艺伎们对他而言,再无任何新鲜感,他需要一个新环境换换口味。比贪色更令人不齿的是,卞学道大人还是一个极其吝啬的家伙,常以"地方官不需要在寻花问柳的事情上花费"为理由,拒付花头。经常是歌伎舞伎被他召来,唱歌跳舞折腾了大半夜,最后被他一毛不拔地打发走了。

"我可不是随随便便能让哪个破烂货睡到身边来的,一个男人倘若由此被人认为缺少品味,那可得不偿失啊。"

听说一个年轻的舞伎气不过,在卞学道振振有词地讲了这些话后,扑过去抓破了他的脸。但这个舞伎做了这样的事情,居然毫发无损地离开,她的话也因此无法令人信服。

"宝物藏在宝盒里。谁不知道在南原府的香榭里养着两颗夜明珠？"卞学道不止一次地在醉酒后提起我们，说的同时他伸着两只手做出蚌的样子，"我并不着急揭开谜语，我很有耐心。"

我和李梦龙的爱情故事给南原府人带来的刺激还未消退，卞学道与香榭即将产生的瓜葛又使得南原府人兴致盎然起来，仿佛人们宿醉未醒就又坐到了刚刚开筵的酒席上。

卞学道的言语不时飞入香榭，像一张张拉得满满的弓架在了香榭的门口，大家都生活在一种紧张的气氛中。一有马车来到门口，就好像有一块石头扔到了树丛中，仆人们像鸟儿似的扑拉着翅膀到处乱转，叽叽喳喳地议论。我发现自己从来没弄清香榭到底住着多少人。

只有银吉在混乱的状况中是从容的。

"男人就像季节，时候一到，必然会来。至于天气如何，那可就要看各人的造化了。"

连续半个月没有下雨，园子里的花没精打采的，银吉每天从井里打水浇庭院里的菖蒲。后来总算下雨了，却又一发而不可收，足有三天三夜没见着阳光，花园里的土被雨水泡得松松垮垮的，花瓣散落了满地。落英缤纷，成为雨天里最夺目的景致。

在一个细雨霏霏的午后，小单的脚步声像鼓槌敲击着鼓面，从前院传了过来，我听到声音抬起头时，只见她的衣带从窗口一飘而过。

"南原府使大人来了。"

香榭里所有睡午觉的人都被小单的叫声惊醒了。

南原府使卞学道大人彬彬有礼,在客室里等了足有半个时辰,香夫人才收拾妥当出来见客。

"真是闻名不如见面啊,香夫人一进房,阳光也跟着进来了似的。"卞学道大人见香夫人进门,殷勤地迎了上去,还象征性地弯了弯腰。落座时,他请香夫人坐在屏风的正中央。

香夫人当然不会那么失礼,道过谢后坐到了侧座。

"让人透不过气来呀,花香,还有你的美色。"卞学道大人笑着说,他的鹰眼叮在香夫人的脸上,"见到你以前,我没想到那些撒谎精——我是说那些盘瑟俚艺人,偶尔倒也有实话实说的时候。"

"卞大人光临寒舍,是专程来赞美女人的吗?"香夫人用扇子遮住脸庞,她的眼睛露在扇子上面,微笑着。

"看样子,你听惯了赞美。就像富贵人家挥金如土惯了,根本不拿银子当回事儿一样。"

"大人说的是哪里话?挥金如土的人总是希望银子越多越好,而女人明知道不可能,也难免会有企盼着自己越来越美的奢求。"

"这正是让我大惑不解的问题,你已经有了一个十八岁的女儿，为何自己倒比十八岁的女子更加娇嫩妩媚，"卞学道大人盯着香夫人的脸，"坐在我面前的真是香夫人，而不是春香小姐吗？"

"倘若大人是在夸奖我的话，这应该是我听到过的最特别的赞美了。"

"就是说，你确实是香夫人？"

香夫人莞尔一笑。

"听说你白天睡觉夜里起床，乾坤颠倒是青春永驻的秘密吗？或者，像传说的那样，你那身为药师的父亲给你留下了美颜的秘方？"

"市井间的传言总是莫名其妙的，关于您的传说也同样离奇古怪。"

"是吗？"卞学道大人兴趣十足地问，"比如说——"

"比如，有女人说您是一个无赖。"

"真是直言不讳呀。"卞学道大人放声大笑了一会儿。然后，他的笑容像一把打开的折扇，哗啦一下在嘴角处合拢了。

"用这样的态度对待朝廷命官，很大胆，很放肆。"卞学道大人一个字一个字地往外吐，"南原府是个很特别的地方。在这里，女人做了婊子，非但不遭人唾弃，反而增加了某些特权似的。这是为什么？！"

"大人是刑拷的官员，又在花阁里流连多日，自然对一切事物早已明察秋毫了。"

"这一点,我倒不想过于自谦。"卞学道大人捻着下巴上的几根胡子,"来香榭以前,我走访了南原府所有的花阁。正如传言所说,南原府所有花阁里的女子们把美艳加到一起,也抵不过一个香夫人。此外,我还发现南原府所有花阁里的女子们把财富加到一起,也抵不过一个香夫人。"

香夫人的笑意还在脸上,但因为时间过长,变得有些凝重。

"很奇怪,不是吗?"卞学道大人笑了,"香夫人是见过大世面的女人,非花阁里的庸脂俗粉可比,但是,香榭的富有,仍然是值得研究研究的。在我等着见你的半个时辰里,我粗略地看了看房间里的摆设。不得了啊,房间里所有的东西都非等闲之物,门口那个随随便便插着花的罐子,倘若我没看错的话,是丽末时期的阴纹青瓷吧?即使在贵族人家,也少不得要摆放在架子上面欣赏,可在这间房里,它被放在放尿罐的位置上,啊,请原谅我的粗俗——仆人假如手脚不利落,一个不小心就能让它报废。"

"——"

"据我所知,你们家没有祖产,你的父亲身为药师,进项也是有限的。你的第一个情人是金吾郎家的女婿,他为了讨你的欢心,倒是挪用了大笔官银,但那笔官银差不多全都花在建造香榭上面了,这可以大致估计出来。

"顺便说一句,那个败家子当年没有死在回汉城府的路上,肯定会被我请进典狱司的,不过人死账销,官府里的账目也不好找你对质,算是便宜了他,更便宜了你。但是,你又是从哪弄来那么多的钱,置办屋子里摆着的这些东西呢?"

卞学道大人仿佛看到猎物的鹰,眯起了眼睛:"我知道你结交了一些权贵,我不怀疑他们会帮助你,但是他们大多数身在汉城府,即使出手大方,也难免鞭长莫及;更何况凭我的经验,男人越是有权有势,在很多事情上越是可以节省花费。至于那些远道而来采花的风流少年,他们只招盘瑟俚艺人和赁册屋书生们的喜欢,除了他们自己的青春年少,应该是没有什么东西能让你这样的精明女人动心的;剩下的还有谁呢? 能为香榭支付这么大的开销? 南原府每年开市后各地来行商的商人吗?他们倒是很有钱,但是,假使我跟你说,所有到南原府行商的商人都是一些为一夜良宵而倾其所有的家伙,你会相信吗?"

"一口气讲了这么多话,您不需要喝口茶水润润喉咙吗?"香夫人拿起茶壶往茶杯里倒茶。当她抬起头的时候,发现卞学道大人像四黄那样弓着腰,用两条手臂支着上半身,他的脸离香夫人不足一尺,湿热的呼吸夹杂着口腔里的臭气扑面而来,让她皱了皱眉头。

"我想不通的这些事,你能否给我做出解释呢?"

"大人是在办案吗?倘若是庭审拷问犯人,这个地点恐怕不大合适吧?"香夫人边说边把身子朝后移去。

卞学道大人跟着她往前移,还像刚才那样,迫近着她的脸孔:"我发现,你一点儿都不怕我。"

"大人您一心一意要加害于我,我怎么敢不怕?"香夫人手里的茶壶歪了歪,热茶从壶嘴里流出来,洒到卞学道大人的手上。他激灵一下,抖了抖手,身子坐直了。

"真对不起,我去拿手巾——"香夫人背过身去把茶壶放在茶台上,她站起身想离开,但她的一只手被卞学道大人抓住了。

"多美的手,像一朵含苞待放的兰花。"卞学道大人打量着香夫人的手,用沾了茶水的拇指在她的手背上来回蹭了蹭,"听说,你贿赂官员时,出手一向大方得很?"

"大人倘若有心暗示我什么,明明白白地讲出来是不是更好一些呢?"香夫人试了两次,都没能抽出自己被握住的手,脸孔羞恼得涨红了,"我一向认为,光明磊落才是男子汉应有的风度。"

卞学道大人松开了香夫人的手。

"我为'光明磊落'当了一辈子的清官,你信不信?"卞学道大人的声音忽然变了,发出一种公堂的气息。

生铁一样冷,而且腥。

"我在典狱署任职十五年,查处了二十七个贪官,最高官位为三品，最低官位为七品。你大概也听人提起过，我被认为是一个很有手段的人。我一直把这话当成是别人给予我男子汉风度的赞美。男人也和女人一样喜欢听别人赞美。我不认为这是什么丢脸的事情。"

"卞大人的手段的确有过人之处。"香夫人冷哼了一声，用手轻轻揉着刚刚被抓疼的手腕。

"为了法办贪官污吏，我得罪了不少人。官场中的关系，碎了骨头连着筋，官官相护，被我绳之以法的家伙们巴不得我露出点儿什么马脚，也给别人设立一个把我以法绳之的机会。要保护自己就得把事情做得滴水不漏。这方面，我想你的体会也不见得比我少——你老站着干什么？坐下来说话吧。"

"大人太抬举我了。"香夫人低头看着卞学道大人，慢慢地又坐了下去，"我们这等身份的女人怎么可能与大人有同样的体会？"

"何必谦虚？"卞学道大人苦笑了一下，"你有香榭这么一个富丽堂皇的宅邸，就如同手里握着一口井，资源充沛。而我小心翼翼过了一辈子，到头来，发现自己两手捧着的是个盛不得水的竹篮子。"

"大人身居高位，"香夫人清理了刚才的残茶，重新在茶碗里倒上热茶，"想要什么，自然有人会双手奉上。"

"不收受贿赂，是我做人的原则。倘若那么做了，我会像一条狗那样，被他们宰了以后扔进当街摆着的一口铁锅里面,和白菜干黄豆粒红辣椒八角茴香之类的东西炖在一起。对了,"他凝神想了一下,目光像两把剑光,笔直地探向香夫人的一双美目,"还得放盐。炖肉可不能缺了盐。"

香夫人喝了口茶,面沉似水。

"说起盐,我倒想起另外一件奇怪的事情来了。南原府是全国最大的食盐集散地,近十五年来,却从未发生过重大的私盐走私案,在官府里立案的都是些不值一提的小角色。人走在泥水里,两只脚却始终保持着干净,连一个泥点儿都没留下。这样的稀奇事我是从来不相信的。但在南原府,这却是事实。你说奇怪不奇怪?"

"妇道人家大门不出二门不迈,您讲的这些事情,我听不懂。"

"生病的找卖药的,穿袈裟的进佛门,"卞学道大人微笑着说,"刚才在这里等你出来,我想,香榭这么大房子,闲着没有人住,用来作私盐走私的中转仓库,倒也不错呢。"

香夫人的表情挂上了霜气:"大人有心栽赃,又何必仓库不仓库的?"

卞学道大人笑了一声,"你很习惯于装腔作势,因为你是女人,还因为你是身份特殊的女人,但是在我面前,你不妨收起这一套伎俩。"

卞学道大人眼睛亮晶晶的,在光线暗淡的房间里宛若镀上了一层油光。已经被香夫人觉察到的公堂气息再度出现。

"我查处了二十七个贪官,个个证据确凿,从未办过冤假错案。你的问题是显而易见的。但在我之前有三任府使就任,他们却无一例外地保持了沉默。"卞学道大人声如鼓槌,字字铿锵地敲在地板上。

"你确实是一个非比寻常的女人。"

"于是,"香夫人态度轻松地问道,"大人在办过二十七桩大案之后,预备把我也捉拿归案了?"

卞学道大人不笑,也不言语。

房内的气氛滞住了。

香夫人转开眼睛,轻轻摇动手中的扇子。

"雨好像停了?"卞学道大人伸着脖子往院子里看,深深地吸了一口气,"真香啊!花朵的芬芳也能让人变得窒息。你对此毫无感觉吗?"

"中国古代有一位智者讲过,总在香的地方待着,时间长了,人闻不出香气;总在臭的地方待着,时间长了,人也闻不到臭味。"

"废话。"卞学道大人哼了一声,他饶有兴致地打量着香夫人,"不过,这话从你的嘴里说出来,有种说不出的韵味儿。你思虑缜密,不轻易动声色的本事,很多男人,包括王公贵族都不及你。"

"不动声色可以少生许多皱纹,正是女人最重要的驻颜之道。"

卞学道大人拊掌大笑:"你的话比那个狗屁中国智者精彩多了,来香榭以前我还担心传言过于虚张声势,但见面以后不难看出,在你的娇美容颜之下,分明藏着不输于男人的韬略。食盐走私一向列入朝廷重案,非有胆有识者不能为之——"

好像有什么无形的东西在空气中飞舞,香夫人用扇子扑打了一下,卞学道大人的话语被打断了。

"存心杀人的话,目光也能变成利剑,"香夫人冷冷地说道,"大人不妨直言不讳。"

卞学道大人意味深长地一笑,盯着香夫人,沉默了片刻,才重又开口。

"我会的。我在花阁里喜欢挑那些衣着谨慎的女子做伴,把她们的衣裙一件一件剥光,让她们露出本来面目的过程,最令人心醉神迷。"

香夫人一声不响。

"我到南原府就任府使一职,是我首次外调为官,这也是我为官的最后一站。船行千里终得靠岸,做官也是一样,风里雨里二十年,需要一个平稳的收场,对我而言,那二十七桩案子曾经给我带来许多的荣光,但它们不能为我养老,不能使我免于孤独,也不能像一个女人那样为我做饭叠被——"卞学道大人叹息了一声,"我是一个五十多岁的人了,到了为自己将来想想的时候了。"

屋子里暗下来,两个人的身影融进了黑暗中,变得模糊起来。

"那些市井艺人们开口闭口讲什么'英雄末路,美人迟暮',他们只是贪图话里的韵脚罢了,其中的深意岂是他们那种人能够体会得到的?"

"——我去取盏灯。"香夫人说。

"不用麻烦了,灯一点亮,照见自己形单影只,白白地增添伤感。打扰了一下午,我也该告辞了,"卞学道大人起身抖了抖衣褶,"年纪大了,就该识趣些。"

"您太客气了。"香夫人跟着起身,"事事都思虑得那么周到。"

"周到是成事的前提。"卞学道大人慢慢地说,他往外吐字的时候着意地为那些字眼加上了重音,使得他对着人说话时,给对方带来打击和压迫的力量。

"好好想一想,该如何对付一个不收受贿赂的清官?你是聪明女人,我知道你肯定会想出好办法来的。"

香夫人沉默不语。

"我会再登门拜访的,我们很有缘分。"卞学道大人在门口的帽架上取下自己的帽子戴在头上,一头灰白的头发被遮挡住后,他显得年轻了不少,"和你谈话也很让人愉快,我希望能在下次拜访时,见一见春香小姐。"

卞学道

卞学道的确是个清官。二十年来，他一直在司宪府任职，他的职守是监察其他官员是否忠于职守。卞学道年轻时，在监察别人的错误时养成了随时自省的习惯，好追究的性情又使他在办理最初的几个案件时，表现出卓越的推断能力。同僚们难免要对他刮目相看，但他年少气盛，不晓得在官场上，奉承话有时比刑具更可怕。同僚们纷纷把棘手的案子堆到他的案头上来，把难对付的骨头都让卞学道啃了，几年时间过去，他成了"典狱司里的一条露齿的疯狗"。

卞学道陶醉在身为清官的美好感觉里——因为他是清官，他便拥有了作风硬朗、态度强横的特权，可以用审视的目光观察别人，可以从自己的怀疑出发，像药师一样揭开别人身上的病症。

卞学道的尖锐刺痛了很多人，连权贵们也不敢忽视他、招惹他。他之所以没被上司们踢走，是因为司宪府典狱司需要这样一个人，像布袋一样把所有的怨恨装进去背在身上。没有卞学道，也要有别人来充任这个角色。区别在于，别人不会像他那样，还会为此暗自得意。那句"典狱司里露齿的疯狗"，对于别人而言是莫大的贬损，卞学道却把这句评价当作是形式极其特殊的赞美。和微薄的俸禄相比，这种赞美更能激发起他执法如山的热情。他喜欢惩治有权有势的官员，迷恋于那些平日趾高气扬的人物，在他的拷问和刑具面前，气势由强变弱的过程。在他看来，人的崩溃过程意味着另一种衰老。

他的失落是从一个五品官身上开始的，那个和他年龄相仿的男人年轻时被他抓住了把柄，在牢狱里待了半年后赋闲在家。十二年后，他的女儿被选进王宫做了嫔妃，父随女贵，有过污点的五品官摇身一变成了成均馆的四品监学。同时，也成为官场社交界最受欢迎的人物之一，他穿着新官服四处赴宴，用油光锃亮的帽子掩盖了他的秃头。

多年以来，卞学道对四品官服的颜色一直暗暗期待着，无数次想象着自己披紫挂红的形象。他没想到紫色官袍披在自己当年的阶下囚身上时，也会焕发出绚丽的光彩。好几次，他们出现在同一个宴会上，监学大人坐在显眼的位置上英姿勃发，而卞学道坐在仆人们送酒上菜的门口，靠回忆着当年在牢狱里自己的阶下囚因悔恨、懊恼大把大把撕掉头发的场景，来平衡自己的失落感。

他们的目光偶尔相遇，卞学道以为他会惭愧，会在自己的炯炯注视下躲闪开来，但是没有。紫色绸缎映现在监学大人的眼中，使他的目光变得锐利无比，如同开刃后的刀子。监学大人毫不掩饰自己的仇恨，毫不掩饰自己想要报复的意图。他的强硬是因为自己的后台建筑在国王的床笫之上，那是卞学道的正义无法企及的地方。

而卞学道自己，既没有一个可以选进宫中的女儿，待遇也和十几年前并没什么不同，只是比过去更加让同僚讨厌、提防。新近荣升的年轻人用大不敬的语气嘲笑他的正义感。典狱司官员们渐渐养成了拉帮结派的风气，卞学道自然是被排除在任何帮派之外的。平日里，他连喝酒的朋友都没有一个，寂寞时只能到花阁的女人中间寻找安慰。他对女色其实并无太多兴趣，他在花阁里流连是因为只要他想，那里永远有陪伴他的人。

有一些夜晚，他在楼下的房间喝酒，听到楼上传来的嬉闹声、歌舞声，他望着坐在对面陪着他喝酒的女人，她们脸上皱纹累累，在烛光下如同伤疤一样难看。卞学道很少对她们发问，他更懒得听她们追想自己当年艳丽娇柔时迷倒了多少风流少年的往事，他只想身边有个人，能和他互相对视，和他一起呼吸，当他想释放身体中的活力，那具身体能随时接受。

卞学道如今非常在乎有人陪伴他了，他发觉自己老了。他还发觉要人陪伴是需要花费的,而他是个穷光蛋。花阁里的当红艺伎们一个夜晚的花红,比他一个月的俸禄还要多。他了解到这些后,对自己当年的囚犯们挪用官银、收受贿赂的行为便有了带人情味儿的理解。

在花阁浑浊的空气中,在熟睡的女人身边,卞学道的头脑变得比任何时候都更加清醒。当务之急,他要为像黄昏一样到来的晚年找到一个夕阳般灿烂的收场。身为“一条露齿的疯狗”,他眼下虽还足以令人害怕、躲避、敬而远之,但一旦他退休归田,变成一条丧家狗时,棍棒肯定会把他打进万劫不复的地狱之门。在最近参加的一次酒会上,主人醉酒后向他透露,他其实是按照四品监学的吩咐才把卞学道请来的。

卞学道的自尊心受到极大的伤害,这才明白那些酒宴欢会,原来是四品监学对他进行的变相庭审。经过半年的反复权衡,在官员的例行调任时,卞学道主动要求外调。他要求到南原府来,以前在花阁,他听过很多次盘瑟俚艺人在说唱中提到的香榭,以及香夫人。

在卞学道看来,每个人都是有问题的,只不过大小轻重有所区别罢了。找出香夫人身上的不清白对他来说易如反掌,他捏着香夫人的把柄——这是他的拿手好戏——他认定了自己能够拿到想要的东西。

三天过后,卞学道大人再次登门。这一次,他提前一天送来帖子,拜访时还郑重其事地身着官服。

男人一穿上官服就显得气宇不凡,哪怕卞学道五十多岁了,哪怕他名声不好,也让人刮目相看。跟在南原府使大人身后的,是三十个公差,也全部身着官服,表情严肃。

会客室的六扇拉门全都拉开了,香夫人站在木廊台上,恭迎着地方官朝自己走来。

"我就不兜圈子了,"卞学道大人坐下来后开门见山地说道,"今日登门,是要请求香夫人把春香小姐许配给我。"

"大人竟然会有这样的念头?!"香夫人大吃一惊,"您的年纪——"

"年纪是大了一些,但我是诚心诚意地请求您接纳我做女婿的。"卞学道大人端端正正地坐着,态度十分恭敬。

"这样的事真是让人做梦都想不到——"香夫人啼笑皆非。

"当年我是有过一个妻子的,很早以前就过世了。此后一直未娶,春香小姐嫁给我,算是正室夫人。"

"承蒙您看得起香榭,又肯这样降低身份抬举春香,真是让人感激不尽啊。"香夫人躬身回了大礼,"但我们家的春香,早已经和别人定了情。"

"是前任南原府使大人的公子李梦龙吗?"

"您听说了？"

"南原府人的嘴巴有两个用途：一是吃饭喝酒，二是说香榭的闲话。"

"虽说是闲话，"香夫人笑了，"倒也并非空穴来风。"

"这么说来，李梦龙是预备把春香娶回家了？"

"年轻人相亲相爱的力量，可以和天上的雷电相比。做长辈的也不能任意阻挠啊。"

"假使你想搪塞我，这个理由显然不大充分。"卞学道大人不慌不忙地说道，"李梦龙是有名的贵族公子。亲王李素心对他视同己出，亲王一向风流，大家都传言说李梦龙是他的血脉。想巴结亲王的官员都想把女儿塞进李梦龙的怀里。这小子生得俊俏，风流倜傥，到处拈花惹草。他在南原府与春香的这一段情么，依我看，只不过是逢场作戏罢了。"

"年少风流，本来也不是什么稀罕事儿，更何况是李公子这样可爱的人物？春香性情刚烈，对李公子一往情深，倘若硬生生地拆散他们，我担心她——"

"那也不见得。"卞学道大人笑笑，"年纪大的男人更懂得怜香惜玉，香夫人应该是深谙此道的吧？"

"卞大人说话，奥妙无穷，我这样愚钝的人，如何能体会得出卞大人的确切意思呢？"

"真是一朵带刺儿的玫瑰啊。见到香夫人，才知道什么叫作'穿裙子的丈夫'。"卞学道大人说道，"日后你成了我的丈母娘,只怕我这个女婿日子不好过呢。"

"如此尴尬的事情我是绝对不会让它发生的。"香夫人微微一笑,"大人若是缺银子用,我倒可以想想办法。"

卞学道大人冲香夫人立起一个手掌,阻止她再说下去:"我说过,我从不收受贿赂。"

香夫人眯细了眼睛盯着卞学道大人:"但您好像并不打算拒绝嫁妆。"

"在人情往来方面,我当然要按照风俗行事的。"

"卞大人的聪明才智,"香夫人冷笑了一声,"真是让人佩服啊。"

"我对香夫人的智慧也十分欣赏,即使我不提醒,"卞学道大人笑道,"我知道你也会想出好办法来的。"

"好办法也许有,但绝不会是以女儿做代价。"香夫人表情庄重地回答,"我决不会把女儿嫁给一个比她的母亲还要老的男人。"

"哪怕是背负着走私私盐的罪名坐牢?!"

"大人存心陷害,"香夫人板起脸来,"我也无话可说。"

卞学道盯着香夫人,她也不闪不避地盯着他。

"我知道你认识很多权贵,没有用的。"卞学道大人慢慢开口,"他们都是一些自私透顶的家伙,一旦事情闹开了,你以为他们会牺牲自己名门望族的声誉,来解决你的难题吗?"

那天下午，我见到了卞学道大人。他坚持要见我，否则不会离开香榭。

"也许春香小姐会喜欢上我也说不定呢。"他对香夫人说。

香夫人来后院找我，表情凝重。

"善者不来啊。"她长长地叹息。

"我们把春香养大，可不是为了给那个老东西做填房的。"银吉说道，"春香得嫁到一个体体面面的人家去，做堂堂正正的夫人。"

虽然卞学道大人身着官服，但他是个精瘦的男人，浑身上下没有一丝多余的东西，当他望着谁的时候，眼睛里面仿佛有芒针射出来。

我施了礼，按香夫人的吩咐，坐到了卞学道大人的另外一侧。

卞学道大人看看我，又看看香夫人："——该说的，你都跟春香小姐说过了吧？"

"卞大人是来向你求婚的。"香夫人对我说。

"我虽然不如那些轻狂少年俊俏，"卞学道大人说，"但我有很多长处，跟了我，你会慢慢体会到的。"

我没吭声。

"春香？"香夫人问。

我拿出一粒药丸放到卞学道大人的桌前。

卞学道大人看了看："这是什么？"

我花了不少时间给他讲药丸的成分，它能让美丽的容颜变成枯萎的花朵，让娇嫩的皮肤变得像老树皮一样粗糙，它甚至连骨头也不放过，把它们变成豆腐渣做成的棍子，当然，我也没忘记强调，此药的药引是竹林里一尺长青蛇的蛇毒。

　　"春香，"香夫人的脸色变了，"你是什么时候配的这个？"

　　"我有的是时间。"我冲她笑笑。

　　卞学道大人相信我的话，相信药丸的威力。

　　我也相信他，相信他说的，没有一个人能用谎言欺骗他。

　　"老实说，娶一个美人当然好，但这个美人能在不动声色之中要了我的命，我也是心惊胆寒的。"卞学道大人说道，"但我不会放弃求婚。我希望你能心平气和地想想，嫁给我真的那么可怕吗？"

　　卞学道大人走后，香夫人提醒我："我们不能毒死卞学道。"

　　"你今天这样吓唬他也太冒失了些。谁都知道你在这方面有特殊的本事，而你打交道的偏偏是一条鼻子最最灵敏的猎狗，从现在开始任何和药有关的东西，他都会与你联系在一起，要是他有个什么闪失，不是我们干的只怕也要推到我们头上了。"

　　"除非答应他的婚事，"我说，"不然无论做什么，都会是这样的结果。"

"船到桥头自然直，"香夫人说，"不要轻举妄动，节外生枝。"

从那天开始，三十名公差把守着香榭，提防香夫人带着我离开。不过除了香夫人和我以外，其他人倒还可以自由出入。

盘瑟俚艺人

　　我不知道太姜是什么时候住进香榭的。有一天黄昏我去前院时,发现庭院中搭放着的矮腿竹架上,不是香夫人和她的伽耶琴。一个女人坐在凉席上面,背对着我走来的方向。

　　"是春香来了?"在我走近时,她问。

　　她的声音很特别。我过了好一会儿,才明白过来让我感到特别的原因。她的声音既不属于女人也不属于男人,没有性别。听上去似乎并不响亮,但却有一种穿透力,就像光从灯笼里面穿透出来那样。

　　"您是哪一位?"

　　"我是盘瑟俚艺人太姜。"

　　我还没有看见她的脸,但我听见她声音里的微笑。她的声音如此亲切,让人忍不住想要去接近她。

　　我转到盘瑟俚艺人的身前,她盘膝而坐,膝盖前面铺着一块红布,红布上面放着一个圆鼓。名叫太姜的女人脸上有很多皱纹,那应该不只是为了说明年龄的,更证明着某种阅历。

突然,我屏住了呼吸——

"有点儿吃惊,是吗?"太姜好像在用另外一双眼睛打量着我。

"是的。可您怎么知道我是春香？我们从未见过面。"

"像您一样,有很多事物我是用鼻子来感觉和体会的。"太姜微笑着说,"我听说过一些关于您的事情。当一个人走近我身边,让我觉得有千百朵鲜花忽然迎风绽放,除了春香小姐,还能是谁?"

"那您一定也听说过,"我仔细地望着她的眼睛,"我是个药师。"

"您是出色的药师。"太姜说,"我听说一些您的事情,知道您有了不起的天分。"

"倘若您想看看这个世界的话,我希望自己能帮上您的忙。"

"感谢您的美意。我看过这个世界的某些自然形态,后来,我认为自己更适合用另外的方式打量这个世界,在十六岁那年,我把自己的眼睛弄瞎了。"

好长时间我才能重新开口提问:"为什么?"

"我杀死了自己的父亲,逃避惩罚,当然要付出代价。"

"您是盘瑟俚艺人?"

"当然。"

"那么，您是在给我讲故事了？"

"您想这么理解的话，我也没有异议。"太姜笑了，伸手在鼓上拍了两下，嘭——嘭——，飘荡在我和她之间，"我想给您说唱一段故事。"

"我洗耳恭听。"

太姜给我讲了一段爱情故事。十九年前的端午节，在谷场上，翰林按察副使大人遇见了一个身有药香的女子——

而我自己正是这个爱情故事的结局。

"为什么让我听这些？"我问太姜。

"因为到了该让你知道这些的时候了。"太姜说道，"河有源，树有根，人要了解自己所从何来，才会更好地安排未来。"

香夫人要我知道并且记住自己是如何来到这个世界的。但这些往事的碎片组合成一个完整的画面时，为什么我的心反而空空落落的呢？我有一种很不好的感觉，觉得香夫人在跟我告别。或者说，她让我与什么东西告别。

虽说外面有公差把守，但太姜的到来让香榭变得喜气洋洋的，比过节还要高兴。

太姜是香榭最受欢迎的客人，仆人们给她准备吃喝时比对待那些男客们用心多了,仆人们极力讨好太姜,到了夜里,大家全挤到她的房间里去听她说唱盘瑟俚。太姜说唱到伤心处,屋子里一片抽泣声,太姜说到高兴处,厨娘会扭着比缸还粗的腰第一个跳起舞来。有时,香夫人也和大家一起听盘瑟俚,她一来,月亮也仿佛跟着进了屋。

银吉说香夫人和太姜是一对人精儿,但她们命不好,是黄连命。

"盘瑟俚唱得再好听有什么用?倘若说你母亲这辈子算是嫁给了翰林按察副使大人留下的这套房子,那太姜就是嫁给了通向四面八方的大路小路,一个女人,成年累月地在路上奔波,那些故事听上去再花好月圆,和她又有什么关系?"银吉摇头叹息。

我却不这么看。

凤周先生在世时,银吉总是劝他少喝一点儿少喝一点儿,色是刮骨钢刀,酒是穿肠毒药。

凤周先生总是笑着反驳:"子非鱼,焉知鱼之乐?"

银吉问我这是什么意思,我解释给她听。

"这和鱼有什么关系?"银吉说凤周先生喝酒太多把脑子喝坏了。

盘瑟俚对于太姜,就如同酒对于凤周先生。比那还要重要。凤周先生的酒与别人无关,他的醉也与别人无关。而太姜却能用盘瑟俚把别人灌醉,每天夜里她说唱的最后一个故事总是好结局,太姜的脸上挂着愉快的微笑跟大家告别,大家飘飘然地从她房间出来,各自去做自己的美梦。

倘若没有盘瑟俚,以太姜的出身,她如何能得到这么多人的倾慕和爱戴呢?她会和那些仆人一样靠劳动养活自己和家人,侍候男人和孩子,为孩子们操心,被男人打骂。当然了,身为艺人自然有不足为外人道的辛苦与心酸。银吉说有一次太姜练盘瑟俚练失了声,外公往她的嘴里灌了粪便——那是一个特别的,也是最好的挽救方法——太姜"得音"之后很长时间,说唱境遇仍旧十分凄凉,连吃饱穿暖也很难做到。直到药师女儿成为香夫人。

太姜离开南原府前,在流花酒肆里举办了一场盘瑟俚说唱。说唱的前一天,消息就已经传了出去,太姜这段时间一直住在香榭,她说唱的故事因此带上了"亲眼所见"的色彩。

那一天,流花酒肆里人满为患,酒肆外面的道路被人堵得水泄不通。几千人同在一处,竟然只有一个太姜在说话唱歌。更令人惊奇的是,大多数人在根本听不清太姜说些什么、唱些什么的情形下,也能一言不发地戳在原地。人们被某种气氛震慑住了。在接近太姜的听众中间,有一半是盘瑟俚艺人和赁册屋写异闻传记的书生,他们提前接到消息,前一天夜里便在流花酒肆里预定了位置。

太姜是香夫人为数不多的知己之一,她是第一个说唱香夫人故事的盘瑟俚艺人。在香夫人艳名远播的同时,太姜作为一名优秀的说唱艺人,也逐渐名扬四方。

在流花酒肆举行的这场说唱结束以后,太姜的名字又与我连在了一起,而且,《春香歌》宛若一场刚刚下过的大雪,遮蔽了以往故事的轮廓。

这是一次命中注定的传奇。是爱情的传奇,也是盘瑟俚艺术的传奇。太姜、香夫人、卞学道,他们三个人的名声叠加到一起,为我和李梦龙的故事增添了很多色彩。从《春香歌》在太姜嘴里诞生的最初时刻,春香的故事就不是一个年轻女子私人的故事了。

太姜说唱了三个时辰,从艳阳高照一直说唱到夕阳西斜,然后她走出酒肆,奔赴在以汉城府为目的地的说唱之路上。《春香歌》就像一棵树的枝干部分,它从太姜的嘴里生长出来以后,其他的盘瑟俚艺人和异闻传记的书生拿出各自编造细节的本领,迅速地把这棵树变得枝繁叶茂。然后是树木成林,树林又变成森林的过程。

"那个用嘴皮子变戏法的家伙,把我说成了人间阎罗,"卞学道大人有一天来香榭拜访,和香夫人提起流花酒肆的盘瑟俚说唱,"那个女人是你的朋友吧?听说一直在这里住着的?"

"盘瑟俚艺人都是四处游走说唱的,没有固定的地方落脚,她恰巧路过香榭,就留她住了一天半日的。"香夫人让人从井里取来流花米酒,招待南原府使大人,"请您尝尝这酒,虽然是从酒肆里买的,但经春香处理过后,似乎变得更清冽可口了。"

他喝了一口,闭上眼睛好半天没说话。

"味道如何?"香夫人微笑着。

"难以形容啊。"卞学道大人咂咂嘴,"好喝极了。"

"春香有做药师的天分。"

卞学道大人又喝了一口,用舌尖品着滋味,摇着头感慨道:"香榭真是个可怕的地方啊。"

"可怕?"香夫人问,"大人这话是从何说起呢?"

"拷问犯人的时候,有一种'追究'之术,就是不断地对案犯提问,问题要问得快,要让案犯集中起全部的精神来应对问题,倘若案犯讲话的时间过长,还要及时打断他,另外提一个新问题,如此进行一段时间,案犯就会进入一种被迷惑、晕头转向的状态中,这时,可以把提问的语调放慢一点,调动案犯的记忆,于是——"

"于是您的目的就达到了。"香夫人给卞学道大人的酒杯里添满酒,嫣然一笑,"您自己又何尝不是用嘴皮子变戏法呢?"

"并不是总能达到目的,倘若案犯足够镇定,又有主见,我们便什么也'追究'不到。相比之下,你的方法更高明,也更无微不至。大多数流言蜚语都是言过其实的,略一追究,就破绽百出。香榭却是一个例外,这里——"卞学道大人挥舞手臂四下一摆,"浓郁的花香,风味独具的米酒,昂贵精致的用具,主人的美貌,加上无处不在的心机,对男人而言,香榭实在是一个险恶的地方,具有让人沉浸在梦想中不愿醒来的力量,连我这种铁钉似的老头子都不能不动心,难怪那些少年要为你拼命,王公贵族们会对你言听计从了。"

"像我这样一个女人,像香榭这样的境地,"香夫人迎着卞学道大人的眼光,语调低沉地说,"除了能在男人的欲望上下下功夫,又能怎么样呢?大人既然已经看到了我的心机,为何不索性往前再走一步,看看心机后面的酸楚呢?"

卞学道大人一口把酒喝光,自己把酒添满,这才斜睨了香夫人一眼。

香夫人的一双眸子黑漆漆亮晶晶的,宛如黑珍珠上沾染了清晨的新露。

"你以为你是在和谁说话?是为你的美色神魂颠倒的少年,还是收受了你巨额贿赂的官员?"卞学道大人冷笑了一声,"身为典狱司近二十年来最出色的刑拷官员,我不止是有一双能在黑暗中视物的眼睛,我还有一对能在谎言中保持清醒的耳朵,你的这套把戏迷惑得了别人,在我面前,可无法奏效。"

"大人的话的确有提神醒脑的功用,至少有一点不容怀疑,"香夫人的脸上只有嘴角在微笑,但她的神态还是平静、悠闲的,"无论您怎么拐弯抹角,最后总还是千方百计地,逼迫我站到一个案犯的位置上去。"

"你本来就是案犯。"

"大人如此坚持,我也无话可说。"

"女人的脸比天上的云变得还要快。"卞学道大人打量着香夫人的表情,"短短的工夫,我好像是在和两个不同的女人讲话。"

"我刚才也以为自己是在和一个通情达理的府使大人说话,但定睛一瞧,还是这个心比拳头还硬的卞大人。"

卞学道大人放声大笑:"你如此放肆,却仍然让我心情愉悦。"

书生玉树

南原府开赁册屋的书生们生意一向兴隆，如今简直火爆异常。异闻传记像雪片一样满天飞，我第一次看到"春香小姐的忧愁能使扶桑花屏息，让木芙蓉变色"之类的话，压根儿没往我自己身上想。

我从香夫人的房里拿来十几本异闻传记，它们叠加在一起，差不多有我的胳膊那么高，每本书都差不多薄厚，上面用毛笔工工整整地抄写着一个相当完整的故事。每本书里的主人公都是春香小姐，还有一些人也经常出现，比如香夫人、李梦龙，当然也少不了新任南原府使卞学道大人。

异闻传记里面记录的事情，每一件都多少与我有点关系，但我无法认为那是关于我的故事。比如说我研制"五色"的那段日子，我待在药房里不出去，也没怎么吃东西，这件事在异闻传记里是这样写的：

春香小姐被卞学道大人软禁在只有一堆干草的

破烂药房里,没有饭吃没有水喝,她能活下来,是靠着一些草根、树皮、花瓣,还有接在窗台上破瓷片里的一点雨水,春香小姐花容憔悴,脸色宛如天山上雪的颜色。药房里很昏暗,但春香小姐的心里照耀着一束来自汉城府的阳光,李梦龙遥远而深情的注视,使得破败的房屋变成了金碧辉煌的宫殿——

更离奇的是,还有人凭空编造道:

春香小姐被卞学道大人锁在药房里,耐不住折磨,晕倒在草堆里,两天两夜以后才被公差发现。就像毒蛇也有把毒汁吐光的时刻,卞学道大人终于发了善心,把春香小姐放了出来。春香小姐体力不支,没有一个人认为她在经历过那么长时间不吃不喝之后,还能活下来。香榭的管家银吉甚至请来了和尚为她超度灵魂。和尚在为春香小姐超度的时候,不断地提起李梦龙的名字,于是,奇迹出现了,春香小姐在昏迷多日后,竟然又活转了过来。

还有:

春香小姐刚恢复了一点儿体力,卞学道大人就又强施淫威,一定要她答应嫁给他的事情,春香小姐坚定地说，死也不能从命，这话惹恼了那个比虎狼还要狠毒的人，他让公差们用鞭子抽打她，那种情形简直比娇艳的花枝被人折断后又碾碎在脚下更令人心碎。春香小姐被打得血汁喷溅在胸前的衣服上面，开出朵朵鲜艳的桃花。

我去找香夫人，真的有一个和我的生活极其相似而且也叫春香的女子存在吗？世间真会有那么多的巧合吗？那个春香小姐就像一个影子似的，不是我，却又总跟在我身后。

"这些事情并未发生在我身上啊。"

"你只管瞧个热闹就行了，"香夫人笑道，"不必当真。"

"但这上面写的是春香小姐，"

"这个自然，那是些故事嘛。"

"可是——"

"他们当年也用类似的话形容过我，"香夫人喝了一口茶，微笑着说道，"那些书生们虽然自己没有翅膀，但手里的笔却有把人送上天去的本事呢，他们由着自己的心思，想把人变成什么样就能把人变成什么样，变来变去正常的人都成了怪物，真好笑啊。"

"我可没觉得这有什么好笑的。"

香夫人收住笑，她那双黑珍珠般发着光的眼珠紧盯着我，"女人的成熟是以流血开始的，女人的爱情大多是用忧伤来结束的。要知道，你经历的这些事情别的女人也同样经历过，虽然每个人的过程略有分别，但感受却是相近的。"

玉树的父亲在南原府也算是有头有脸的人物。他经商很有头脑，除了贵族身份，家里什么也不缺。全城的人都知道玉树的父亲恨不能用银子铺路，给儿子铺出一条仕途来。但他参加了三次科考，全都落榜了。

玉树从来没来过香榭，他的父亲非常郑重地跟他谈过心，坦白了自己跟香夫人的关系。

"哪怕只有几个夜晚，她毕竟成为过我的女人，你绝对绝对不能跟香榭沾染一点点关系。"

玉树想要解闷，就到花阁里喝酒，他经常遇见一些落魄书生，他们中间差不多有一半人是靠写异闻传记维持生计的。酒喝到高兴处，书生们互相夸奖，推杯换盏敬来敬去，手臂和各种溢美之词在玉树面前来回地晃。

"你们这些穷酸，"玉树用筷子敲着碗沿高声骂道，"靠着编造女人的故事苟活，还吹来捧去的，真不知羞耻。"

"——这个家伙没本事考官倒有脸来嘲笑我们?!"

"只会编风流故事混饭吃的家伙，连灶坑里叽叽喳喳叫唤的蛐蛐儿还不如呢，"玉树起身离开，"你们这副德性,根本不配和我谈科考!"

"——喂,狗崽子,"他们在后面叫,"脑子里灌了迷魂汤了吗? 也不看看这是什么地方就满嘴胡说八道?"

太姜演唱盘瑟俚《春香歌》时,玉树也在流花酒肆,他看着那些写异闻传记的书生们认真地铺摆着纸笔,还嘲笑了他们几句。盘瑟俚说唱开始后,玉树怎么也没想到最先流出眼泪的人会是他自己。

玉树被太姜的故事镇住了,他从来没想到生活竟然可以用如此的方式叙述出来。木材商人的儿子开始用一个新视角审视异闻传记的价值了。

玉树觉得,异闻传记倘若只靠着把盘瑟俚艺人说唱的故事记录下来,注定是没什么出息的。美食要用自己的舌头去品味。

他去香榭拜访,写了帖子给香夫人,表明自己不是因为她的美色,而是想创作出好听的故事前来的。

香夫人让小单去接待他。

他们聊了一个时辰,当天晚上玉树写出一篇异闻传记来。他去花阁找那些写异闻传记的书生们看。

"你不好好考取功名,学我们做蛐蛐了?"有人嘲笑他。

玉树还从未这么惴惴不安过,他的眼睛一眨不眨地盯着那些凑近到灯下阅读他作品的几张脸孔,他们时而拧紧眉头时而笑出声来,而他的心像揉皱的手帕,慢慢地舒展开来。

那些人传阅过玉树写的故事之后，一时无语。

"你要是干上这一行，只怕我们以后没饭吃了。"

有人提出要买这本异闻传记。

"反正你只是偶然有了兴致，玩笑而已。"

"倘若银子堆成山，"玉树说，"玩笑也成了金光闪闪的了。"

当夜他雇用了十名书生抄写出三十份，第三天这些异闻传记以前所未有的高价抛到了集市上，不到半个时辰就被抢购一空。仅仅一夜的工夫，南原府集市上就出现了仿抄本。

玉树写第二本异闻传记时，雇用的抄手多达五十名书生，他们抄了三天才把书抛售到集市中去，一天之内，几百本异闻传记全部卖光。有了这两本书垫底，玉树在新行业里算是站稳了脚跟，他的第三本异闻传记未等动笔，已经有不少人来预订了。

第三本书动手之前，玉树来香榭拜见了香夫人。他的前两本书成了叩门石。

香夫人亲自接待了他。他们聊了两个时辰，玉树临走时，香夫人还让小单带着他，围绕着香榭四下转了转，以方便他写作时选用合适的场景。

玉树感慨："香榭果然是个宝藏啊。"

为了防止作品被转抄，玉树写好第三本异闻传记后，把南原府差不多能写字的人都调动了起来,分为一抄二抄三抄四抄几个环节,复制已经编写好的故事。所有的异闻传记都署名为"玉树",这个名字在很短的时间内便成为异闻传记行业的一块金字招牌。

每天都有数量可观的异闻传记从南原府流散出去,每到一处无不受到热烈的欢迎。

我好多天没见到小单了,她的行踪随着前一阵子连绵不绝的细雨天气一同消失了,在餐室吃饭时,我打听小单到哪里去了,怎么连她的影儿都见不到?仆人们的脸上立刻露出了笑容。

"小单啊,她和那些写故事的书生们在一起。"银吉说。

"香夫人也知道吗?"

"当然了。每天还让马车载着小单出去,派头不小呢。"

"她总不会是去写异闻传记了吧?"我问,"她才识几个字?"

"真动手倒也用不着她。全城的书生都铺着纸笔忙活着呢,她只要编出个故事的影儿就行。"银吉笑了,"从来没见过小单这么高兴过,天天被一大堆书生围着,又是一些说谎话眼睛都不眨的人,把她夸得神仙似的。"

"神仙有什么用?"厨娘说,"那些书生们才是淘到宝了，一只手把书送出去，另一只手把银子搂回来，没听人说吗？今年开市后最好做的生意就是写异闻传记了。"

"小单天天玉树玉树的，是不是跟他——"有人问银吉。

"我哪儿知道？"银吉说，"我年纪大了，耳背眼花的，看不见年轻人的事情了。"

"您是老妖精，越老眼睛越亮。"厨娘笑着说。

一天夜里我听见小单在浴房里唱歌，我在木廊台上等了一会儿，她穿着周衣，头发散在身后，湿漉漉地出来了。

"原来是你出去乱讲，他们才编出那些故事的。"

"怎么叫乱讲？编故事也不是件容易的事情呢。"小单用干布揉搓着头发，笑嘻嘻地说，"玉树说我的想象力惊人，连男人都比不上呢。"

"这些不是我的故事。"

"写进书里的时候，故事当然要改动改动了。要不然，谁会看啊？"

"可是，你们言之凿凿地强调，这些是春香小姐的故事呀！"

"讲故事嘛，当然要有名有姓了。"

"你……"

"就算我们撒了谎，又能怎么样呢？想想看，春香小姐，"小单打断了我，她的脸孔亮如满月，眼睛闪闪发光，

"当我们老了,甚至在我们死后,这些故事还在流传,几十年,不,几百年以后,谁还会在乎是真是假?您在这个故事里永远像现在这么年轻,我也是一样。这难道不让人兴奋吗?"

"你为了讨那个书生的喜欢,任意拿我来编排捏造,"我气不打一处来,"你还说这让人兴奋?"

"您是怎么了?"小单看着我,过了一会儿才慢吞吞地开口,"我们辛辛苦苦的,还不都是为了您吗?香夫人一心想给春香小姐找到好归宿,难道您这么快就忘记了李公子,转而对卞学道大人有情有义了?"

"原来是为了我好。"我笑了一声,"真是让人感动得泪水都要涌出来了。"我转过身,"我去跟香夫人说,你不许再出去对那些书生们胡说八道。"

"您是故意的。"小单转回身来,愤怒的情绪使得她的脸孔鼓面似的绷了起来,她的目光也变得锋利起来了,"所有能让我高兴的事情都是您所憎恨的,对不对?"

我们脸对着脸,眼睛对着眼睛。

"你以为你是谁?"我轻声说,"你坐着香榭的马车四处招摇,被男人们的甜言蜜语拥抱着,你把自己当香夫人了吧?你是不是巴不得我嫁出去,然后自己做香榭的新女主人?"

"您呢?"小单毫不示弱地瞪着我,"听说有书生对我好,您受不了了是吗?您只能看着我受苦,不能看着我风光。我得到的所有的好,哪怕一点点大,也会变成您眼睛里面的沙子,对不对?"

"对。"我知道我不该这么说,但愤怒解开了所有羁绊恶语的绳索,"你是小偷的女儿,身体里流着流放犯的血,什么时候,你都别忘了这个。"

"这就是我每天侍候您得到的回报吗?"

我只看到小单扬起手来,然后我的脸上响起脆亮的一声。我恍恍惚惚地看见庭院中的石板路上金洙朝我走了过来,还有一些别的声音,交融在碎银般的月光中,一些更漆黑的东西迅速来到我面前,我的耳朵里面嗡嗡响,接着,我什么都听不到、什么也看不到了。

金洙或者智竹

我醒了过来。

屋子里静悄悄的,我躺在榻上,回忆在晕倒以前看到的人影,我确定我闻到了金洙的气息。

一个人从屋子角落里走近到我身边,他俯下脸来看着我。

"金洙?"

我伸出手去摸金洙的脸,我们的皮肤贴在一起时,我们的目光和呼吸也混合在一起:"真的是你吗?"

"是我。"

"他们说你在河里死了。"

"他们弄错了。不过我所在的东鹤寺,附近真的有一条河,还有一个非常壮观的瀑布。"金洙微笑着说,他从拉开的拉门探出身子,冲木廊台上的谁招了招手。

小单磨磨蹭蹭地进来,眼睛不敢与我对视:"——您还好吧?"

"小单你看,"我一点儿也不生她气了,"金洙回来了。"

小单松了口气,看了金洙,勉强笑笑:"是啊,他回来了。"

"醒过来了?"银吉端着一个托盘出现在门口,"香夫人一直没睡,在前院等消息呢。"

"银吉,"我笑着,"你看见了吗?金洙回来了。"

"我虽然老了,眼睛可还没瞎呢,这么大个人坐在这里,我怎么会看不见?"银吉想沉下脸来责备我,话到嘴边又咽下去了,她抓起我的手用湿布擦着,"外面的传说已经够多了,要是再加上春香小姐饿死这一条,可就热闹到家了。"

我偏过头躲开银吉,朝金洙身上看着。

"你穿着僧服的样子很奇怪——"

金洙做了一个不许我讲话的动作。

外面响起厨娘的声音,金洙起身出去,端进来一个摆满了食物的小饭桌,他打开石锅的盖子,蔬菜酱汤的味道从里面飘出来。

"闻起来真香啊。"我说。

"春香已经半个多月没吃过粮食了,"银吉叹口气,对着金洙笑了,"你一回来,春香就有胃口了。"

金洙在香榭待了三天,每天傍晚,他都陪我在木廊台上坐上一个时辰。烧水沏茶这样的日常事情他做起来得心应手,动作令人着迷。我把目光从他的手上移向他的脸孔,他的皮肤被阳光晒成了新鲜板栗皮的颜色,俊俏的眉眼,目光沉静而陌生,这正是让我感到不安的地方,我担心这具身体里的灵魂被人换过,他不再是从前的金洙了。

"金洙,你的头发呢?"

"剃掉了。出家人要六根清净。"

金洙的微笑像带刺的花梗,扎进我心里。

"是他们逼你的?"

"不,是我自己想要的。"

我看着他。

"是真的,"金洙望着天上的流云,它们被夕阳着上了色,"刚到东鹤寺的时候,我连吃饭睡觉这样的事情都无法集中精力去做,每一步路都像走在棉花上面,醒时好像在做梦,梦里又好像是醒着。我经常跑到山里独自待着。对着瀑布想念香榭。有一天深夜回到寺院,我在门外听见诵经的声音,那一瞬间,就好像心里边的夜空升起了一轮月亮,整个人突然就安静下来了。我认为这是上天对我的召唤,便央求住持师父为我剃度。起初,他不答应,后来我戒食七日表明了决心,终于把住持师父感动了。"

"现在你回到了香榭,你的头发也可以重新蓄起来了。"

金洙笑而不言。

"金洙？"

"你应该叫我智竹。"

"我喜欢叫你金洙。"我讨厌那两个字——智竹。

"'金洙'这个名字对我而言,好像隔着千万重山水一样遥远。"金洙望着园子里的玫瑰,他的眼睛里头映着夕阳的光彩,眼珠宛如琥珀。

"刚离开香榭的时候,我经常在梦里看见玫瑰花,起初一朵两朵的,后来就数不过来了,像无边无际的锦缎铺在眼前。"

"光是玫瑰吗？我呢？我在不在你的梦里？"

金洙扭头看着我。

"不在也没有关系。"我笑了笑。

"春香一直都在我心里。"金洙说。

他的话像一只拳头打在我的胸口上,我高兴得连心都疼了起来:"真的吗？"

"真的。"

银吉怕我着凉,送来一床薄被,把我密密实实地裹好。"坐过来,金洙。"我把被子打开。

金洙摇了摇头,抓住被角,把我又独自裹住。

"没有金洙了,现在坐在你身边的,是云游僧智竹。"金洙的一声轻叹,像茶叶落到水里。

并没有动太多声色,但是,水的颜色变了,水的味道也变了。

"这次我下山去汉城府，本来是打算向一位在王宫茶艺馆里司职多年的前辈学习技艺的，可一路上，有人的地方就有春香小姐的故事在流传，我抑制不住想见你的念头，更担心倘若这次不回来，等你出嫁后就再也见不到你了，所以，就义无反顾地回来了。"

"原来，你是听了别人的闲话才回来的。"我的心就像天边的太阳，一直一直沉下去了。

"春香小姐的故事被描述得十分动人。"

金洙对我微笑。他的笑容像一条河，横亘在我面前。

金洙把一个茶桌放到我的卧房门外。

我披衣出去，茶桌上放着一杯新沏的莲花香片，水温不凉不热，入口后茶香清爽，直透肺腑。我捧着那杯茶，从清晨一直坐到太阳升起来，我注视着花草间的雾气被阳光一层层地蒸发掉，手心捧握着的那杯残茶凉透后，在水面上凝留下一股冷香。

云游僧智竹背着简单的行囊，像来时一样，不惊动一个人地离开了香榭。门外守候着的六个官兵，只有一个人在智竹经过他身边时醒了过来，他抬头看了一眼这个大清早从香榭走出来的和尚。

智竹脚步未停，微笑着向他说了一声："阿弥陀佛！"

香夫人

　　卞学道的三十名公差分成五班,每班六个人,守着香
榭。他们对自己的差事从来没这么满意过,香榭的厨房
为他们预备的吃喝,比酒肆饭庄里的饭菜要丰富精致得
多了,用人们闲下来的时候,还和他们隔着玫瑰花丛聊
聊天说说笑话。

　　真正把守着香榭的是四黄。这四个沉默寡言的卫士
比起公差们毫不逊色,耳朵总是支棱着,它们伏在地上
睡觉的姿态也好像正做着一跃而起的准备。曾经有胆
大的公差从它们面前硬走进香榭里去,一只狗只跳一
下,两只前爪便搭到了公差的肩头,对着他的喉咙亮出
了牙齿。要不是银吉及时喝住它,只怕会闹出一场大
乱子。

　　从那以后,公差们再也不敢乱走乱动了,反正卞学道
大人每次到香榭里来,都有人主动把他恭迎到里面去。

　　卞学道大人踏进香夫人的会客室时,脸上有隐隐的
怒气。

"你看到这个了吧？"他从袖子里抽出一本异闻传记扔给香夫人。

"说我囚禁了你们家的春香小姐，对她动用各种各样连我都没听说过的酷刑，逼她与我成亲，而她一个弱女子竟然能把这些刑法一一都忍受了，还干出一些咬破舌头把血水吐到我脸上的荒唐事。"

香夫人吃惊地睁大了眼睛："大人是在说笑吗？"

"的确很可笑，但全城的人都在争相传说这个天大的笑话。"卞学道大人盯着香夫人的眼睛坐了下来，他在激动的情绪中把一句不应该说出口的话顺嘴说了出来，"你的眼睛很美。"

香夫人妩媚地笑了。

卞学道大人的表情有些僵硬，仿佛自己刚刚讲过的话毒害了他，他咳了一声，接着说道："很多人花高价买这样的东西看，不止在南原府，我相信汉城府甚至连更北方的开城现在也能见到这种东西。"

"大家只是解个闷儿图个乐儿而已，谁会拿这样的事当真？大人论事不是一向最强调有凭有据的吗？"

"话是这么说，但全城的人都像患上了瘟疫一样撒起谎来，这种情形也不能忽视啊。起初我并不往心里去，我相信谣言是个自生自灭的东西，时间一长自然风流云散，但这一次的情形不同以往，都一个多月了，人们的热情还有增无减，再好的铁也禁不住这么日积月累地锈蚀啊。"

"大人的性情一向比金石还要坚硬,竟然会为流言蜚语改变?!"

"用不着讥讽我,"卞学道大人盯着香夫人,"你很得意是不是?"

"——得意?"

"一个女流之辈有如此的胆识,又能把事情做到如此排场,的确是可以为之得意的。"

"大人这话是从何说起?"

"你不必装出这副少不更事的样子,这并不能证明你是无辜的,你心里很清楚这一切是怎么回事。"卞学道大人哼了一声,"那个叫玉树的家伙不过是个幌子,你才是在背后操纵的主谋,就像盘瑟俚艺人的说唱一样。你处心积虑地想弄坏我的名声,把你和春香置于一种受人同情的位置上去,至于你的罪行,也可以浑水摸鱼地被蒙蔽掉。"

"大人几次三番地威逼、冤枉我,还把别人的罪名加强到我身上来,到底是什么意思?!"香夫人涨红了脸。

"在您眼里,我是一个罪大恶极的刁民、蛇蝎心肠的悍妇,我们之间,到底是谁在处心积虑地破坏别人的名声?!"

"别在我面前演戏了,好像还动了真情似的,"卞学道大人以手为扇,扇了几个来回,仿佛很不耐烦香夫人话语里的气味，"我可不是为你的美貌神魂颠倒的少年。"

"我也不是犯妇，请大人不要动不动就摆出公审案犯的派头。"香夫人板起了脸。

"我要是摆公审的派头，遇见你这样牙尖嘴利的角色，"卞学道大人凑近到香夫人的面前，用手在她的嘴唇前面比画了一下，"吩咐公差一板子打过去，管保你以后再也没机会用牙吃饭。"

香夫人把目光转到窗外。

"那些书生们站着说话不嫌腰疼，故弄玄虚地胡扯什么上不上刑的屁话，"卞学道大人朝后一撒身子，懒洋洋地倚靠在一个垫子上面，"落到了我的手上，还不是吓得尿了裤子？"

"大人是指——"

"不就是叫玉树的书生吗？玉树现在变枯枝了。"卞学道大人说，"他承认故事是编造的，还说是香夫人的侍女妖言惑众。既然是你的侍女，那一定是受了你的指使了？"

"——欲加之罪，何患无辞？"

"姿色出众的女人连生气的样子也是好看的。"过了半刻，卞学道大人盯着香夫人的脸说道。

香夫人绷着脸，过了一会儿，弯起嘴角笑了。

"我对你的胆识，"卞学道大人哼了一声，"是非常欣赏的。"

"大人在说什么笑话?"香夫人不动声色,"我这样的草民纵然长了胆,也早被您的威风凛凛吓破了。"

卞学道大人大声笑了。

"来这里拜访之前,我看过皇历。明日是黄道吉日,适合出嫁迎娶,"卞学道大人一脸和气地与香夫人商量,"我和春香就定在明日举行婚典如何?"

"您——"香夫人望着卞学道大人,"您是说真的?"

"当然。"

"我从来没有答应过您的婚事呀。"

"你是没答应,但我在异闻传记和盘瑟俚里面,已经背上了逼婚的名声了,这样的形势下,娶了春香也算顺应了民意,要是我娶不到春香,岂不是既坏了名声又成了笑柄?那才真是亏本买卖呢。"

"这可不行——"

"婚事是一定要办的,而且就在明日。"

"绝对不行——"香夫人急了。

"请听我说,"卞学道大人摆手制止了香夫人,他瞪着她,直到她安静下来。他在异闻传记上拍了拍,笑了,"你以为凭着这些书生们的笔和那些盘瑟俚艺人的嘴,你这种虚张声势的法子真能奏效吗?一个贵族公子果真会迫于民间流言,把春香这样的女子娶回去当正室夫人吗?"

"成事在天——"香夫人想收住话时,已经来不及了。

"我的耐心在这两个月里已经耗尽了,我不想再听盘瑟俚艺人的胡说八道,不想再看赁册屋书生们的胡编滥造了。明日我要与春香小姐举行婚典,倘若你不把她打扮好了送去,我就让公差们把她绑起来押到我身边去做新娘。你认为你的四条狗,能敌得过三十个佩刀的公差吗?"

香夫人慢慢地抬起眼睛:"大人何必咄咄逼人?"

"你又为何如此执迷不悟?"卞学道大人看着香夫人,"除了年纪大点儿,我哪点不中你的意?"

"春香爱李公子——"

"'哪怕落花又飞到枝头上,哪怕秀水河倒流,也不能背弃与李公子的爱情盟誓。'"卞学道大人笑了,"我都背下来了。"

香夫人沉默了。

"事情闹成这样儿,已然是开弓没有回头箭了。"卞学道大人笑了笑,"好好替女儿准备嫁妆,才是你眼下要做的事情。"

"——倘若卞大人坚持如此,"香夫人沉默了一会儿,"我叫春香出来和您见个面。"

香夫人拍了拍手,让木廊台上的银吉过来:"你去把我上次调好的酒从井里取出来,还有,让小单请春香过来见见南原府使大人。"

银吉愣住了。

香夫人横了她一眼:"去吧。"

我换好衣服,梳好辫子,跟着小单来到客室时,卞学道大人已经有了醉意了。见我进去,他笑嘻嘻地说道:"啊哈,你换了身打扮,更迷人了。"

香夫人不在房里。

侍候酒菜的银吉脸色发灰,眼睛发红,随时要流下泪来似的。

"过来,陪我喝一杯。"卞学道大人拍了拍他身边的位置,冲我招了招手,又训斥银吉,"老木头疙瘩往旁边让一让——"

银吉抬头看我,眼泪滑出了眼眶。我扶着她的胳膊坐下来,低声问她:"出什么事儿了——"

卞学道大人扑过来抓我,明明是看着我的,但他抓住的是小单的手。

"你往哪儿跑?快来!"

小单尖叫了一声,但卞学道大人似乎没注意到自己的错误。他把她搂进了怀里,用胡子扎她的脸。

小单从卞学道大人怀里挣出来,撞到了我。我摔倒时,头撞到银吉的下巴上。我们这样连环倒下的时候,香夫人出现在客室门口,她刚刚洗过脸。

"怎么又来了一个女人?"卞学道大人冲着香夫人嘻嘻笑,过去拉她的手,放到鼻子边儿上,"你的身上好香啊。"

香夫人来到桌边儿坐下,在卞学道大人的酒盅里倒满了酒,替他拿到嘴边,让他喝了下去,她的眼睛晶晶亮。

我的后脑就像被人抡了一棒子。

"您在酒里面放了什么?!"

香夫人不理我,哄着卞学道大人又喝了一杯酒,他喝了这杯,歪着脖子,整个人朝后面倒下去,香夫人松开了环抱着他的手臂,任他的头像个榔头砰地砸到草席上面。

我过去拿起酒杯,香夫人抬手打翻了我手里的酒:"别喝!"

"这里面是'五色'?!"

"才兑了半瓶!"香夫人声音发颤,指着卞学道大人,笑了几声,"他就变成这副样子了——"

"您呢——"我扳过她的脸,"您喝了多少? 啊?"

"三杯,"香夫人浑身都在抖,"我不喝,这只老狐狸才不会喝哩——"

我全身的血都冷了。

"我刚才吐出去了——"香夫人说。

"您真是——"我不知如何是好,用手拍着她的脸,

"您怎么可以——"

"别哭,春香。"香夫人想拢拢头发,但她的手从额头上抹下水一般的冷汗,"你不是一直想知道'五色'的力量吗——"

我去药房翻书,我的手指颤抖,惶急中,扯掉了好几页纸,尽管我早就能把药书背下来了,但我还是想,也许,书里面藏着一些我以前没注意过的药方呢。而在这些药方里面,就有能解"五色"的药。

"春香啊,"银吉过来问我,"我们要做些什么?"

我转身看着银吉,她的目光那么平静,显然,她认为我能把香夫人治好,就像以前那样儿。

但这次不是以前,"五色"是一条不归路——

我在药房里面乱转,像被封在罐子里的苍蝇。随着时间点点滴滴地过去,香夫人的记忆像一匹丝绸,滑腻如水,从我的指尖上一掠而过。我抓不住这匹飞扬的丝绸。我对她消失的记忆无能为力,就如同我无法把泼在地面的水再收回到盆中去。

春　香

现在,是我住在香榭的前院。

我的客人不多,也不少,有几个是香夫人的旧识。他们对她的际遇感慨唏嘘,甚至会流出眼泪,痛哭失声,但他们无一例外地并不拒绝留宿在我的房间。

银吉总是哭。见到我眼泪汪汪的,见到香夫人也眼泪汪汪的。尽管我们并没坏到哪里去。

天气好的午后,我会抽空去找香夫人,我们坐在木廊台上,她光着脚,有时我也跟她一样,我们看着鸟儿在树木中间起起落落,满园鲜花像是一块抖落开来的锦罗,在午后或明或暗的光影中间,显示出中国绸缎的质地。

"母亲。"我轻声地叫她,去握她的手。

她的手仍然纤细柔软,宛若少女。

我跟她说一些客人的事情。我尽量挑一些高兴的事情跟她聊,比如某些稀罕的礼物啦,某句让人忍俊不禁的玩笑话啦,还有我对付客人的一些小手段,对那些讨厌的客人,我会用一点点药物,让他们手脚不听使唤,直到他们离开;而对那些我希望再见面的客人,我准备了另外一些药物,这些药物用久了,他们会觉得香榭以外的生活是如此乏味,只有香榭的生活才是色香味俱全的。

"眼下我还没遇到这样的人。"我对香夫人说。

她仰起脸,我也跟着抬头看,湛蓝湛蓝的天空,南飞的大雁摆成个"人"字形。

香夫人从木廊台上跳了下去,她跑到花园里面,去摘园丁种的桔梗花。她边摘边唱:

桔梗、桔梗、桔梗花

摘呀、摘呀、摘下来

穿呀、穿呀、穿成串

做成项链戴起来——

小单穿着丝绸裙子,在我的身边坐下来前,她小心地把裙摆摆好,以防压出皱褶来,然后她才慢慢蹲下身。

她带了一双刚做好的鞋底给我看。

鞋底是软木的,两朵百合花在脚尖处脸对着脸,花茎细长,连叶片也雕得活灵活现的。

"玉树想娶我。"

"恭喜你。"我看着小单,"我会让银吉给你准备嫁妆的。"

"我为什么不能像你那样儿,就待在香榭呢?"小单问,"我为什么要嫁出去,而不是让男人主动来看我呢?喜欢我的男人可不只是玉树一个人啊。"

"那你是不想嫁给玉树了?"

"——我不知道。"小单叹了口气,"要是香夫人还是过去的香夫人就好了。她会告诉我如何做才是正确的。"

"也许吧。"

"我嫁出去以后,随时可以回来吗?"

"不可以,"我说,"你走出香榭的门,永远不能再踏进来一步。"

"我想念这里,"小单一下子恼了,"回来看看都不行吗?"

"你很清楚什么样的人才能来香榭。"

"香夫人不会让您这样为所欲为——"

"现在,"我微微一笑,"我是香榭的主人。"

小单咬了舌头似的,说不出话来。

枫叶火红的时候,李梦龙回到了南原府。

现在,他不是南原府使大人家的李公子,而是出访全州的暗行御使大人了。

来香榭之前,他先去见了卞学道大人,他看见一个男人帽子也不戴,灰白的头发散乱地绾在脑顶,在前院的屋脊上面玩骑马游戏的时候,压根没把这个人跟"典狱司里一条露齿的疯狗"联系起来。

公差们在玩花图,暗行御使大人走到他们身边,也没有人抬头看他一眼。

李梦龙傍晚来到香榭。

玫瑰花已经凋谢了,叶子在秋风中瑟瑟抖动,一只枯叶蝶飞到他衣襟上,扑扇了几下翅膀,又飞走了。

他在我的客室等我,我花费了一些时间让新来的仆人帮我盘发髻、换衣裳,打扮齐整后才去见他。

"春香——"李梦龙猛一起身,手里端着的半杯茶洒到了衣服上。

我身后的仆人拿出布帕过去替他擦拭。

"好久不见了,"我在他面前坐下来,"李大人!"

"你叫我什么?"

"李大人。"

"你叫我大人?!"

"您是大人啊。"

我们的目光对视了一会儿,一起笑了。

"李大人一切安好吗?"

"你呢? 你好吗?"

"我很好啊。"我说,"就像您看到的这样。"

"我看到了什么?"李梦龙,不,暗行御使大人苦笑了一下,"我是不是走错房间了? 您是香夫人?"

"我是春香。"我说,"当然,您愿意把我当成是香夫人也无妨。"

"你不是春香。"李梦龙的眼睛里面泪光一闪,说,"我的春香不是你。"

我假装没看到。

接着,李大人吟了首诗:

> 锦绣烟花仍旧色,
> 绫罗芳草至今春。
> 仙郎去后无消息,
> 一曲春衫泪满襟。

"你知道这首诗吗,春香?"

"——我对诗词时调这类东西一向没什么鉴赏力。"

"这是你写给我的诗啊。在汉城府,没有人不知道这首诗的,连国王和王后都知道。这是南原府的春香小姐思念公子李梦龙而写的一首情诗。"

"真有趣,我连听都没听过。"

"我也知道这不是你写的诗。我跟一些人解释过,你对诗的兴趣远不如那些草木,"李梦龙说,"但现在,我倒希望这是你写的诗了。"

我朝窗外望去,此刻,天边还有红艳艳的晚霞,但木廊台里的光线已经变得暗淡了,接下来蓝黑色的夜空宛如一大块贵重的面料,将会在我们的头上铺展开来,星星和月亮装饰其上,发出银色的光泽。

"即使是现在,传言仍旧如野火在蔓延,春香——"

我转过头去。

"你在听我说吗?"

"当然了。"

"——故事很动人,"李梦龙叹了口气,说,"南原府有一个倾国倾城的春香小姐,琴棋书画无一不精,她在端午节的谷场遇见了南原府使大人家的公子李梦龙,两个人一见钟情,当天夜里请清风明月为媒做证,行了夫妻之礼,后来李梦龙随父亲回到汉城府,新任南原府使卞学道大人有心掠美,遭到春香小姐的严词拒绝,因为,她和李梦龙已有盟誓在先——"

"我们这么久没见了,大人不是要整个夜晚讲这些盘瑟俚故事给我听吧?"

"你不喜欢听这些?"

"大人说什么,我都如沐春风,如饮美酒。"

李梦龙沉默了。

我给他斟了杯酒,他一口就喝光了。我们这样一个斟一个饮,喝光了一整坛流花米酒。

我们又让人从井里捞上来一坛。

夜里已经很冷了,谁也没在这坛比天气冷上十倍的流花米酒前退缩。我想李梦龙也许跟我一样,会想起那句俗语:"寒天饮冻水,点滴在心头。"

我们把这坛酒也喝光了。喝得他嘴唇发白,我的牙齿直打冷战。酒浆在我们的身体内荡漾。我们披上周衣,出去赏月。

月亮像一个金盘子,挂在空中。李梦龙的身上散发着流花米酒的酒香,我们手勾着手,在木廊台上散步。有那么一会儿,我的脑袋里面出现了幻想:李梦龙从来就没离开过;外面的那些传说,不过是我们在午后花香里沉沉睡去时做的一个梦。

我们在我曾经住过多年的房间外面站了一会儿,房间里面灯光通明,银吉在陪香夫人玩丢口袋抓骨头的游戏——

是我先走开的,李梦龙随后跟了上来。

"春香——"李梦龙抓住我,我们在木廊台转角的暗影里站住了。

李梦龙把我拥进怀中:"倘若我提前一个月回来,倘若我不是国王定下的驸马,倘若——"

我伸手捂住了他的嘴。

刚刚喝进肚里的那些流花米酒,它们变成泪花从我的眼睛里面喷涌出来,也从李梦龙的眼睛里面喷涌出来——

一本书打开一个世界

欢迎订购、合作

订购电话：0571-85153371

服务热线：0571-85152727

莫言读书会　　KEY-可以文化　　浙江文艺出版社　　京东自营店

关注 KEY-可以文化、浙江文艺出版社公众号，
及浙江文艺出版社京东自营店，随时获取最新图书资讯，
享受最优购书福利以及意想不到的作家惊喜